學韓文後，能用韓文工作嗎？

目次 목차

Part.1

오프닝
Opening

006 **韓國職場眉角多**
010 **高階獵頭眼中的韓國職場**

Part.2

대화
Conversation

014 **면접 보기 面試**
閱讀更多：韓國人用何種平台找工作？

017 **신입 사원 첫 출근하기 新進職員到職**
閱讀更多：韓國職場的新人禮儀

020 **전화하기 講電話**
閱讀更多：여보세요 (喂) 的由來與電話禮儀

023 **컴플레인 해결하기 處理客訴**
閱讀更多：韓國的爭議廣告與行銷案例

026 **회의하기 開會**
閱讀更多：職場上用得到的那些新造語

029 **사무실에서 얘기하기 辦公室聊天**
閱讀更多：韓國人真不能沒有咖啡？

032 **업무 외 활동 下班活動**
閱讀更多：韓國聚餐文化現況

035 **야근하기 加班**
閱讀更多：韓國的勞動基準法有何規定？

038 **출장 가기 出差**
閱讀更多：出差要注意的事項

041 **해외 파견 근무 지원하기 申請到海外工作**
閱讀更多：在韓國升職容易嗎？

044 **이메일 쓰기 撰寫 email**
閱讀更多：撰寫電子郵件的注意事項

047 **송년회에 참석하기 參加送年會**
閱讀更多：韓國休假制度與各大節日

• **[Column] 職場必備實用句**

050 面試實用句
053 視訊會議實用句
055 電話實用句
058 Email 實用句
061 其他情境實用句

Part.3

관점
View

065　**게임산업 PM 遊戲產業 PM**
　　閱讀更多：業界人士呼籲政府積極關注遊戲產業

070　**전자산업 고객관리 & 개발 電子產業顧客管理 & 開發**
　　閱讀更多：韓國半導體創造極大附加價值

075　**여행업 고객상담 旅遊業客服**
　　閱讀更多：後疫情時代下的韓國旅遊業

080　**IT 산업 통번역 IT 產業口筆譯**
　　閱讀更多：韓國軟體業領域前景看好

085　**뷰티 / 미용산업 마케팅 美妝產業行銷**
　　閱讀更多：K-Beauty 隨著時代不斷改變

090　**무역업 구매관리 貿易業採購管理**
　　閱讀更多：2022 年韓國貿易逆差

095　**물류·유통·운송산업 무역사무원 物流、流通、運送業貿易事務人員**
　　閱讀更多：物流產業影響力日益增加

• **[Column] 跟韓國同事聊天**

100　MBTI 是什麼？
102　一起去喝酒！
104　下班後要做什麼？
106　斜槓人生正夯
108　茶水間閒聊
110　投資熱潮
112　來一段 Gap Year

• **[Column] 職場必備書信範本**

114　如何寫好履歷和自傳？
118　履歷範本
120　自傳範本
123　Email 範本

Part.4

생활
Life

台灣人在台灣
128　翻譯是門專業，馮筱芹的口譯經驗談

131　結合親子五感派對，「感玩」跨越韓語學習的疆界

台灣人在韓國
134　打電動是工作之一？在韓國遊戲公司的工作日常 遊戲營運 # 凱倫 已上線

138　非常文科生？韓國生命科學產業新鮮人 # 溫宇寯 報到

140　韓國 MZ 世代關鍵字「價值」透過自由工作實現

MOOKorea

VOL . 002

韓國職場직장생활

線上音檔 QRCode

線上音檔使用說明：
① 掃描 QRcode → ② 回答問題→
③ 完成訂閱→ ④ 聆聽書籍音檔。

讓韓文帶你前往美好之處

「你讀韓文喔，啊以後要幹嘛？」還記得大學放榜那天，家人劈頭就問這麼一句。韓文雖然日趨熱門，但看在上一輩眼裡，比起英、日文，它似乎仍有些「旁門左道」、「不正經」。不過事實證明，我因為遇見了韓文，才能進入出版社工作，感受到這熱烘烘的文化創意產業。

身邊也有些學韓文的人，學著學著就在韓國成家、當起韓文老師、人民公僕，也有在業界打滾、做自由接案的，大家都是搬起名為「韓文」的磚頭，一步步造出自己的路。但偶爾會感嘆，學過的韓文在職場上根本不夠用，許多商業術語、句型用法，甚至與韓國客戶的應對進退，都是出社會後，才跌跌撞撞，一點一點摸索出來。

就這樣，本期主題隨之誕生。如果你讀過上期《韓劇樣貌》，相信不難發現本期多了更多韓文篇幅，總頁數也增加了。為的就是盡可能把職場會發生的事、會用到的韓文都放進來。也多了「職場必備實用句與範本」單元，希望讓讀者能直接運用或轉換。MOOKorea 慕韓國向來致力於讓閱讀韓文是種享受，而這期裝配更多「功能性」。

回到「你學韓文以後要幹嘛？」這題，通常我被問到的第一反應都是「關你什麼事？」但是這樣太嗆了，不行。況且也有像家人一樣，是真心擔心我前途的人。所以本期同樣也採訪了幾位使用韓文工作的人，像是口譯馮筱芹老師、用韓文創業的咖永老師，以及到韓國工作的凱倫和溫宇寯先生。不過訪談過程中，我們發覺到更多的似乎是「韓文牽引著他們走出自己的人生」。例如馮筱芹老師說的，每份口譯案可能都是全新領域，以前沒特別關心或接觸到的部分，也能藉由工作學習到。另一位受訪者凱倫也說，自己當初是因為下班太無聊，所以才去學韓文，結果學著學著，就到韓國來了。我想，現在這樣的生活型態，或許也是以前的她沒料想到的吧。

說回我自己，韓文帶我來到出版社，認識了許多優秀、努力在此深耕的人們。除了韓文老師們外，還看到很多才華洋溢的編輯、有自己一套美學的設計師、有著職人精神的印刷師傅、鬼靈精怪的行銷企劃，以及許多博學又幽默的愛書人。編輯是份很吃溝通的工作，也必須隨著書的屬性，轉換編輯方式、找尋不同專業的合作夥伴。在跟這些人交流的過程，我也學到了很多。透過韓文，我看到同溫層以外的世界，得以感受熱騰騰新書擺到面前時，那刻的悸動。沒想到韓文帶我走上這條，自己未曾想過的道路。

韓文裡有句話是「꽃길만 걷자（只走花路吧）」，願手上拿著本書的你，也能走上用韓文鋪出的路，感受這迷人的世界。

本期編輯 郭怡廷

오프닝
OPENING

1

在本章節中，我們將了解韓國職場的一些規
則，並邀請韓國高階獵頭分享自身工作，以及
對韓國求職市場的觀察。

韓國職場   眉角多

撰文者——鄭 E 子

尚未消逝的鮮明階級制度

相信大家多少耳聞韓國是個階級社會，實際上韓國不只是從日常生活就能體會到長幼有序的階級文化，在職場中階級制度更是明顯。近幾年來，韓國一直倡導著「打破階級制度」的口號，許多企業也逐漸捨去傳統的職位階級制度，改為以「名字＋님〔NIM〕」的叫法稱呼同事。而這個「님〔NIM〕」其實對於講中文的我們可能一開始都有點陌生，實際上「님〔NIM〕」的概念跟日文的「さん〔桑〕」有點像，是稱呼他人時的敬稱。有看韓劇習慣的人可能會想說怎麼不用「씨〔SSI〕」這個字呢？其實「씨（SSI）」跟「님（NIM）」的中文翻譯幾乎沒什麼差別，然而這個字比較像是上對下的稱呼，相較於日文的「くん〔君〕」，雖然是敬稱卻有微妙的差異，所以得小心使用。

還記得我在前東家工作時，有外國職員由於對韓國文化沒有很熟，加上韓文沒有很好，所以在跟別的部門的韓國主管要文件時，以「名字＋씨〔SSI〕」的方式稱呼對方「＊＊씨〔SSI〕」。沒想到對方已經是課長階級的人，因此感到十分不開心，後來還向人事部門反映外國職員有說話不禮貌的問題。在那之後公司才統一發公告，規定大家以「名字＋님〔NIM〕」作為統一的稱呼。

單純來旅遊的人也許因為會講點韓文，所以在韓國的旅遊經驗不會太差，甚至是稍微講錯都能獲得韓國人的稱讚與諒解。但如果是在韓國職場，韓文不夠好不只是工作上會綁手綁腳的，甚至更可能因此惹上麻煩。說起來有點諷刺，不過韓國職場多半願意給金髮碧眼的外國人有較多的特權，而身為亞洲面孔的我們在韓國職場很容易被套上「韓文不能太差」的枷鎖，只

要韓文不夠好很容易就會被白眼。有些人可能認為「啊我就是外國人，韓文當然不好啊」，只是這點藉口並不通用。因為在台灣會韓文是多了一個外語能力，而在韓國會講韓文則成為一種「理所當然的必要條件」，你韓文不好就得想辦法講好，不然就等著被白眼到很難混下去。實際上我的確也有遇過因為韓文不好，工作經常出包、韓文表達不到位而造成誤會的台灣職員，也許有人會認為韓國人應該給亞洲的外國職員更多體諒，只是我們都忘了職場並不像學校一樣可以慢慢學習，在講求速度與效率的韓國，如果成為他人的包袱，職場生活多半很難生存下去。

韓國表面上從偏高壓性的文化到逐漸推行消除階級制度的管理方式，實際上根深蒂固的階級文化並未消失，即便有較為友善的韓國公司，但整體而言，韓國社會的職場風氣還是比台灣高壓一些。

長幼有序的忙內文化

所謂的「막내（MANGNE）」便是一個團體中年紀、資歷最小的人，階級制度很重的韓國職場除了基本職稱以外，更會以「年紀」排序列。即便沒有明文規定，但通常忙內在公司話語權較少，也經常擔任跑腿的角色。近年來由於女權逐漸抬頭，加上職場性騷擾、職場霸凌的宣導持續推動中，因此忙內文化並沒有七、八年

前這麼嚴重，然而相較於台灣職場而言，整體來說韓國的忙內文化還是較為明顯。

還記得我八年前剛來韓國時已經算是年紀偏大的老忙內，但當時是公司資歷最淺又最年輕的職員，所以從協助當值日生清垃圾、訂文具到幫忙泡咖啡、訂餐、擺碗筷等雜務我通通都做過了。日子雖然很辛苦，但該說幸運的部分是半年後就來了新的職員，所以我快速脫離忙內陣線。不得不說，忙內真的是一個很辛苦的角色，得任勞任怨又自動自發做很多事（很多時候韓國人並不會硬性要求你做什麼，但你自動自發幫忙的話，他們都會很高興。所以要在韓國職場混得好，有時候會看人臉色也是一種技術）。即便周邊的人並不會強迫你一定要做什麼，但偏偏韓國人特別偏好這種勤奮的忙內，所以想在韓國公司混得好，主動當個會做人的忙內也很重要。雖然雜務很多會很辛苦，不過也因為是忙內，所以周邊的前輩、主管們有什麼好吃、好喝的也會特別照顧忙內，就像有哥哥、姊姊的人一樣，雖然會被奴役做很多事，但多少也有點好處，用「식구（SIKGU，食口）」文化來定義韓國職場真的是再適合也不過了。

求職艱辛路從寫履歷就是場戰爭

韓國求職方式其實與台灣十分相似，企業多半是透過線上人力銀行進行徵才，每年都會有兩次大型招募的期間，在這段期間許多企業會放出新的職缺，

大企業們更會以「公開招募」的方式大舉徵才。而大部分的新入職缺也會在此時進行招募。與小型企業不太一樣的是，通常有一定規模的企業多半會要求求職者到公司的徵才網頁填寫制式履歷。然而，這些「制式履歷」與台灣人認知的「履歷」有些出入。除了基本的個人資料、簡歷、自傳以外，更有猶如考試一般的「事前面試」。

「事前面試」這個字眼聽起來很陌生，實際上就是企業出幾個題目，舉凡「請問您的價值觀與優缺點為何？」、「請簡述您為何想投這個職缺？」等大方向的提問並要求職者以簡答題的形式進行作答。此時，對於外國人求職者而言，這不只是單純的寫履歷，更是一場作文考試。除了考驗文筆以外，也得注意用字遣詞是否得當、文法是否正確，甚至是有沒有錯字，因此每投一次大公司的履歷都像一場戰爭一樣，得花至少三個小時左右在答題、修正並進行檢查。

然而透過人力銀行找工作多半是適用於「新入」職缺。的確人力銀行也有許多機會留給「經歷職」，不過對於累積一定經驗的經歷職來說，最有利的方式莫過於透過獵人頭或是企業挖角。除了近期很紅的 LinkedIn 以外，單純把履歷刊登在人力銀行網站也能吸引獵人頭或企業的提案。雖然主動提案的企業多半也得自行進行過濾，但透過獵人頭介紹的職缺提案，多半都不會太差。無論是福利還是待遇都能夠有很大的漲幅，所以如果是「在韓國有多年工作經驗」的人，建議透過獵人頭的方式進行轉跳才能獲得更好的待遇。

而在此刻意強調「在韓國有多年工作經驗」是因為即便在台灣有多年工作經驗才來韓國求職，但在台灣累積的工作經驗多半只會列入「參考」，並不會被承認是「實質經歷」。也就是說，對韓國公司而言，即便你已經在台灣有工作經驗了，但在韓國還是會被視為如白紙般的新入。原因在於台灣與韓國職場文化存在著許多差異，而這個差異有時並不是一句「我能適應」就能說服得了公司。除此之外，能否正常使用韓文工作也是業主的疑慮。

只是最尷尬的莫過於年過三十才想要來韓國求職的人。因為這個年紀多半在台灣已經有些工作經驗，但由於韓國企業不太承認在台灣的工作經歷，因此這個族群被迫得往「新入」的職缺投履歷。然而最殘酷的是新入職缺多半也有年齡限制，而年齡限制多半落在虛歲 27~28 歲以下，年紀太大很多時候在書審的階段就會被刷掉。而這部分很大的原因是因為新入進公司後多半得重新學起，如果新入的年紀太大，那帶新入的主管或前輩也會怕自己管不動對方，所以一般找新入時會盡量以社會新鮮人或是工作年限在 5 年以下的求職者為主。

講求血緣、地緣、學緣的韓國人

總是愛用「식구（SIKGU，食口）」稱呼自己家

人或同事的韓國人，面試時更是講求「血緣、地緣、學緣」三點。血緣與地緣的部分，如同字面上的解釋，就是彼此有沒有熟識的人、故鄉出生地是否相同的意思。而學緣又是什麼呢？「學緣」其實是大企業最愛看的一點，也就是「最高學歷的畢業學校」。

雖然與面試官畢業同個學校很有利，但多數大企業最愛採用的還是「SKY」出身的學生。「SKY」是韓國排名前三大的學府的校名縮寫，S 代表首爾大學、K 代表高麗大學，Y 則代表延世大學。有個都市傳說是即便是海外大學畢業也未必贏得了 SKY 出身，因為大企業裡 SKY 出身的人占多數，因此 SKY 出身的人比海外派更有利。過去還曾有「進入 SKY 便代表獲得就業保障」的說法。不過這個都市傳說還是有個但書，如果是出身於歐美知名大學，特別是世界排名前幾名的大學，那履歷還是會自動燙金。不過以上幾點僅適用於「韓國人」。如果是外國人的話，即便畢業於 SKY，但學歷的部分還是僅供參考。畢竟留學生並不像韓國人是參加聯考後，從嚴峻的錄取率裡脫穎而出，所以學歷部分是列為參考。儘管有學緣的加持，但還是與韓國人有些許的不同。

除了上述的三種「緣」以外，韓國男生還有另一個「緣」，那便是「兵役」。從海軍、陸軍、空軍、特戰到隸屬什麼旅、在哪裡當兵等，都可能成為面試官與求職者的共同話題與加分要素。因此，韓國的履歷上都會要求男生要寫兵役狀況，如果沒有服役者則須說明為何免役。有些企業會避免雇用免役的韓國男生，部分面試官也會在面試時詢問免役的原因。由於沒有當兵的韓國男生多半會被認為是不是哪裡有問題，所以兵役對韓國男生而言真的是十分重要的一環。

撰文者簡介｜鄭 E 子

國小時因哈日開始學日文，出社會後擔任日韓市場的業務而踏上了謎樣的韓文世界。2014 年開始在韓國工作，曾待過傳統的韓國公司，體驗過韓國職場的軍隊文化。長期透過粉絲團分享韓國文化與職場經驗，以「鄭 E 子」的名義出版過《韓國職場為何那樣 ?!》一書。

高階獵頭眼中的

 韓國職場

撰文者——Lynn Yang

韓國多元的獵頭產業

韓國有各式各樣的求職管道，包含獵頭公司、求職網站、新創 app 和網路社團。這些管道的對象略有不同，有些偏兼職或接案，有些專屬新創產業，以及針對派遣人員、社會新鮮人、公家機關、教師和外商企業等。

韓國的獵頭公司大小規模不一，有本地企業，亦有各種產業的外商，甚至還有很多兼職獵頭。我們公司主要經營高階獵頭，在亞太地區許多大城市都有分公司。首爾辦公室主要負責幾項重要業務，首先是本地外商（local talents）及外派（relocate）之人才招募，接著是提供人才諮詢服務，對象是想要在韓國成立公司和尋找團隊的外商。此外也有跨國合作，例如某外商想在韓國、新加坡與台灣同時擴展人才時，我們便會和亞洲區的其他團隊一起接案。

我原先以為韓國市場以科技產業為主，但入職後發現醫療（healthcare）、快速消費品（FMCG）以及製造產業（manufacturing）的市場也很龐大。疫情期間案量也沒有減少，每位同事手上至少五到十件案子，根本做不完（也可能是公司人手不夠），因此我們除了獵他人以外，偶爾也會獵有潛力成為同事的人選。接案類型除了以產業做區分外，亦有職務別，例如人事、會計金融、業務行銷、工程師、法務、品管等。以案量來說，業務佔大宗，且日益增加，再來是人資與財會。我一直以為這幾項是較穩定的職務，沒想到是公司最願意花錢找人才的崗位。我們偶爾也有需保密的案子，可能要取代現有員工，或是外國總部要擴大韓國團隊，又不能讓競爭對手知道。

獵頭的工作即是「媒合」

我們的工作從溝通開始（稱為談案子），需開會討論客戶對人才的要求，了解必要條件（must-haves）與加分條件（bonus points）。有些外商未必熟悉韓國市場，我們也會協助做市場調查和分析人才市場（talent mapping analysis），讓客戶了解當地人才背景與薪資待遇。

我們每天都在尋找人才（sourcing）、打電話（cold calling）、分析人才（assessing）和撰寫分析報告（profiling）。韓國知名的求職網站有Saramin（사람인）、JOBKOREA（잡코리아）、인크루트（Incruit）、로켓펀치（RocketPunch）與 Peoplenjob（피플앤잡），前幾個偏本地企業，且皆為韓文介面，最後一個則較多外商機會。我們有時也會在求職網站上刊登職缺敘述（JD，job description），但幾乎會收到一半以上沒看內容就亂投的履歷，因此我們更常主動聯繫人才。

與其他獵頭不同，我們不將履歷直接轉傳給客戶，畢竟有些優秀人才未必能寫好履歷，我們會強化他的優點並弱化其缺點，重新撰寫一份候選人分析報告。報告裡，除了描述相關工作經歷外，還會附上我們與候選人面談後所評估出的分析結果。當然，這些分析工作來自於經驗的累積，經歷越多，就越懂得判斷。

我總覺得自己像是媒婆，必須滿足客戶與求職者雙方。當客戶對我們推薦的人才有興趣後，便會展開以下流程：安排面試→跑面試程序→客戶有意錄用（offer）→協助進行薪資談判（negotiate salary）與查核資歷（reference check）→雙方接受條件→發出正式錄取通知（offer letter）。這樣的流程最快一至兩週，有時耗費四至五個月。公司越大，內部流程就越繁瑣，漫長等待也可能讓求職者改變想法，或是在這段期間找到其他機會。因此即使雙方都簽字了，沒到正式報到那天，什麼事都可能發生。況且現在許多年輕人工作沒幾天，發現與預期不同後，可能就會突然消失、無法聯繫上，這種情況我們稱為「ghosting」。

每份工作皆有好壞，獵頭也不例外

獵頭是離職率很高的產業，或許是因為性質與業務類似，別人賣「產」品，我們是賣「人」品，而人是最複雜難懂的。雖然每件案子都困難重重，但也有成就感的時候，像是幾天內就完成一件案子，又或是終於幫某位求職者找到更好的職場。我希望能幫助某些「隱藏的寶石」（hidden gems），讓他們的職涯更順利，因此我不排斥跟任何候選人談話的機會，或許目前沒有適合他們的工作，但未來誰知道呢？這份工作讓我發掘每個人的優點，我也必須將這些優點轉為賣點（selling points）。

在職場上，我的「外國人」身分有好有壞。韓

國人非常欣賞英文好的人，甚至會到 LinkedIn 查看我的背景，再決定是否與我談話，所以英文好的人很吃香。但也經常聽到「You are foreigner so you don't know Korea well.（你是外國人，不了解韓國。）」之類的話。不過，大多數是優點多於缺點，至少他們能記住我這個外國人獵頭，讓我多了許多新朋友！

外國人想赴韓工作，務必強大自我

我認為韓國職場對外國人並不友善，不管你長得多像韓國人、韓語發音再怎麼好，在他們眼裡，你不是吃泡菜長大的，終究是個外國人。韓國人不會要求你跟他們一樣，但如果有共同嗜好，會更容易交到朋友，另外也能花點時間了解近期韓劇、IG 餐廳或流行商品。韓國人非常團結（這點好像在韓國或國外都一樣），職場上，午餐是個重要時刻，你若經常獨自用餐，韓妞們可能已經在背後議論你的是非了。

韓國年輕人與上一代非常不同，他們重視生活，要是他們邀請你一起參加活動，盡量不要拒絕，下班後願意約你，表示釋出善意了。既然來到韓國生活，就該入境隨俗，就算你不愛但至少別排斥。韓國人很好學，為了不被淘汰，很多上班族會在上班前或下班後進修。我認識許多為了豐富自己知識，報名不同語言和軟體課程的人，他們花錢普遍不手軟，收入大多投資在自己身上，例如護膚保養、醫美微整、名牌物品、科技產品、美食或旅遊等，許多都是 YOLO 路線。

在韓國，能不能合法工作，「簽證」是首要問題。如果公司錄用你，一定要確認自己是否具備有效的工作簽證。合法的身分才能讓你被公司重視，如果公司不願意幫忙辦理簽證，很有可能是你的薪資低於標準，或是你根本不是公司的員工。有了簽證後，就要考量自己的專長，像是語言、特殊知識、相關產業背景等。如果各位有興趣到韓國工作，建議除了增強韓文能力外，也要有特殊專長和英文能力。

在西方教育下長大的我，一開始對韓國的職場生活很不習慣，總覺得無法融入他們。在職場多年後，也漸漸習慣他們的工作方式，學會該如何應對。就這樣一路跌跌撞撞，我領悟到，最好的方式就是證明自己的能力，因為只有自己強大了，才能獲取他們的尊重。

撰文者簡介｜Lynn Yang

在南非長大，為西北大學（Northeastern University）教育學系博士，畢業於政大資管與美國霍特商學院（Hult International Business School）ＭＢＡ杜拜分校。
待過台灣科技產業與外貿協會，被獵頭公司找上後，到韓國擔任大學副教授並負責國際交流項目。婚後曾任職於韓國政府新創單位，目前在首爾外商獵頭公司擔任主管。

대화
CONVERSATION

2

本章節韓文撰稿者

▶朱希鮮

韓國人。台灣中國文化大學韓國語文學系碩士結業，擁有韓語教師二級證照，著有《韓語文法全攻略 初級篇》（共著）。

曾任職於韓國 Council On Social Welfare Education 與德國 Automation Dr.Nix 韓國分公司，並具有豐富韓語教學經驗。目前於私立衛理女中、台北市立復興高中、台北市大理高中、新北市立光復高中等處擔任第二外語教師。

[Column] 職場必備實用句、職場必備書信範本韓文撰稿者

▶田美淑

韓國人。韓文教學經驗 5 年以上，台韓職場經驗 11 年以上。熱愛韓文教學、外語學習、閱讀與 Kpop 舞蹈，同時經營「슈우 Shuwoo 韓文老師愛跳舞」YouTube 頻道與「korean.shuwoo」IG 帳號。

01 면접 보기
面試

A : 면접관 面試官／B : 유정선 劉廷宣

A 유정선 씨, 안녕하세요? 우리 회사에 지원해 주셔서 감사합니다.

B 면접 기회를 주셔서 감사합니다.

A 그럼 면접을 시작할까요? 간단하게 자기 소개 부탁합니다.

B 저는 무슨 일이든지 긍정적으로 생각하고 도전하는 것을 좋아하는 유정선이라고 합니다. 대학에서 무역학을 전공했고, 1학년 때부터 줄곧 한국어를 배워서 말하기, 듣기, 읽기, 쓰기 모두 능숙하게 잘합니다.

A 우리 회사에 지원한 동기는 무엇입니까?

B 평소 한국과 대만의 무역 시장에 관심을 가지고 있었습니다. 전공도 살리고, 한국어 실력을 활용할 수 있는 회사에 입사하고 싶었습니다. 무엇보다 00 무역은 대만 내 최고의 무역 회사라고 생각하기 때문에 지원했습니다.

A 인턴 생활을 하면서 어떤 경험을 했습니까?

B 교환학생으로 한국에 갔을 때 6개월 동안 인턴 생활을 했습니다. 주로 회의록이나 서류 작성 및 영업 샘플 작업 등을 맡았습니다. 필요 시 서류 번역도 하곤 했습니다. 맡겨 주신 일에 대해 책임감을 가지고 처리하려고 했습니다. 이러한 경험 덕분에 한국 회사 분위기와 직장 문화에도 익숙합니다.

A 劉廷宣小姐您好,感謝您應徵我們公司。

B 感謝您給我面試的機會。

A 那我們開始面試吧?請您簡單地自我介紹一下。

B 我是不管遇到什麼事都會正面思考,並且樂於挑戰的劉廷宣。我在大學主修貿易學,而且從大一就持續地學習韓文,所以聽、說、讀、寫全都精通。

A 您為什麼想來應徵我們公司?

B 我平常就會關注韓國跟台灣的貿易市場,我想要進入既可以結合主修,又能發揮韓文實力的公司工作。最重要的是,我會來應徵,是因為我認為○○貿易是台灣最棒的貿易公司。

A 您在實習的時候,有過什麼樣的經驗?

B 我到韓國當交換學生的時候,曾經實習過6個月。主要負責撰寫會議紀錄或文件,以及處理銷售樣品等等,也經常在需要時翻譯文件。別人交辦的任務,我都會有責任感地處理好。多虧這樣的經驗,我也很習慣韓國公司的氣氛跟職場文化。

A 좋습니다 . 마지막으로 질문 있습니까 ?

B 만약 00 회사에 입사하게 되면 어디에서 근무하는지 알고 싶습니다 .

A 입사 후 1 년 동안 대만에서 근무한 후에 한국에서 일하게 될 것입니다 . 정선 씨에게 좋은 소식이 있기를 바랍니다 .

B 네 , 정말 감사합니다 .

A 好的，最後有什麼問題想問的嗎？

B 我想知道如果進入 00 公司工作，是在哪裡上班呢？

A 應該是到職後的 1 年先在台灣上班，之後再到韓國工作。廷宣小姐，祝您有好消息。

B 好的，真的很謝謝您。

(單字)

- **무역학** (貿易學)：貿易學
- **경력을 쌓다**：累積經歷
- **N에 익숙하다**：習慣N
- **입사** (入社) **하다**：到職
- **회의록** (會議錄)：會議紀錄

(句型與表達)

- **V곤 하다 經常V、往往V**

  用在說明過去常做的事的時候。

  例： 한국에 사는 동안 경복궁에 자주 가곤 했다 . 以前住在韓國的時候，經常去景福宮。

  직장에서 힘든 일이 있을 때마다 동기들에게 위로를 받곤 했다 .

  每次在職場上遇到困難的時候，往往會尋求同梯同事的安慰。

- **기 바라다 希望、祝福**

  意思是「但願如此」，常用在正式情境。

  例： 시험에 꼭 합격하기를 바랍니다 . 希望考試一定要考過。

  내일까지 서류를 제출하시기 바랍니다 . 希望您在明天以前交出資料。

韓國人用何種平台找工作？

 02

　　한국 취업/구직 관련 정보를 제공하는 플랫폼은 잡코리아(JOBKOREA), 사람인(Saramin), 워크넷(Worknet) 등이 있다 . 기업들의 인력충원이 주기적인 대규모 공채(공개채용)에서 수시채용으로 전화되면서 방대한 취업정보가 올라오다 보니 관심기업의 채용공고를 모르고 지나치기 쉽다 . 채용정보를 꼼꼼이 챙겨 보고, 원하는 기업에 지원하기 위해서는 플랫폼마다 제공하는 특색 있는 서비스를 활용하면 좋다 . 지난 코로나19 팬데믹 기간의 취업활동은 줌(ZOOM), 마이크로소프트 팀즈(Microsoft Teams) 등의 프로그램으로 온라인 화상 면접이 실시됐다 .

　　提供韓國就業 / 求職相關資訊的平台有 JOBKOREA、Saramin、Worknet 等等。企業補充人力的方式，從定期舉行的公招（公開招募）轉向常態招募，龐大的就業資訊持續刊出，讓人很容易忽略了自己感興趣的公司發出的徵才公告。為了仔細瀏覽徵才資訊，順利應徵想去的公司，最好要善用每個平台提供的特色服務。在先前 COVID-19 大流行時，求職活動即是透過 ZOOM、Microsoft Teams 等線上視訊面試進行的。

[1] 잡코리아 : 한국을 대표하는 정규직 채용공고 위주 취업 포털 구인구직 플랫폼이다. 실제 서류 합격자의 자기소개서를 확인할 수 있고, AI 비대면 면접연습, 합격자 스펙 비교 등 취업지원과 관련된 다양한 서비스를 제공한다.

[2] 사람인 : 이력서를 등록하면 연계되는 맞춤형 기업매칭이 특징이다. 현재 보고 있거나, 관심 있는 채용정보와 유사한 채용공고를 추천해 준다. 그 외에도 취업 시 도움되는 기업별 연봉통계, 인사담당자에게 질문하는 '인사통', 인적성검사 등의 서비스를 제공한다.

[3] 워크넷 : 국가에서 운영하는 취업 알선 플랫폼이다. 중년 여성, 경력단절, 40대 이상 장년층, 장애인 등 상대적 취업약자를 위한 채용공고가 많다. 채용정보 이외에도 직업 및 진로상담, 구직자훈련, 고용복지정책 등 다양한 국가지원 정책정보를 얻을 수 있다.

[4] 인크루트(최초 구인구직 플랫폼), 피플앤잡(외국계 기업 위주), 월드잡(해외취업 채용관련), 알앤디잡(이공계 전문취업포털), 잡플래닛(기업평가, 현직/퇴직자 리뷰) 등 특색 있는 차별화된 서비스를 제공하는 다양한 취업 플랫폼이 있다. 그외에도 독취사, 자소설닷컴, 취뽀, 스펙업, 취업대학교 등 취준생들끼리 정보를 공유할 수 있는 인터넷 커뮤니티도 굉장히 유용하다. 단기근무/아르바이트 위주의 채용공고는 알바몬(albamon), 알바천국(abla) 플랫폼이 활성화되어 있다.

[1] JOBKOREA：代表韓國的就業入口網站、求職徵才平台，以正職徵才公告為主。可以檢視實際通過書審者寫的自傳，也提供與就業協助相關的多元服務，如 AI 線上面試練習、與錄取者的資歷比較等。

[2] Saramin：特徵是只要上傳履歷，就會連接到個人化企業配對。幫忙推薦與你目前正在瀏覽，或是感興趣的徵才資訊類似的徵才公告。除此之外，也提供找工作時有幫助的各企業年薪統計、向負責的人資提問的「人資通」、人格測試等服務。

[3] Worknet：國家經營的就業媒合平台，有許多提供給中年女性、職涯中斷、40 歲以上壯年族群、身心障礙人士等就業相對較弱勢的族群的徵才公告。除了徵才資訊以外，亦可獲得職業與職涯諮詢、求職者訓練、雇用福利政策等各式各樣的國家支援政策資訊。

[4] 有 Incruit（首個徵人求職平台）、Peoplenjob（以外國企業為主）、Worldjob（海外就業徵才相關）、RND JOB（理工領域專門就業入口網站）、Jobplanet（企業評價、現職 / 離職者心得）等五花八門的求職平台，提供具有特色的差異化服務。除此之外，可以讓求職者彼此共享資訊的網路社群，如 Dokchisa、Jasoseol.com、Chippo、Specup、Jobuniv 等也非常好用。以短期工作 / 打工為主的徵才公告，則是 Albamon、Abla 平台較活絡。

單字

- **플랫폼** (platform)：平台
- **주기적** (週期的)：定期的、週期的
- **지나치다**：經過；忽視；錯過
- **취업포털** (就業+portal)：就業入口網站
- **비대면** (非對面)：線上、非直接面對面

- **스펙** (SPAC)：資歷
- **등록** (登錄) **하다**：上傳
- **이공계** (理工界)：理工科、理工領域
- **퇴직자** (退職者)：離職者
- **취준생** (就準生)：待業、求職者

02 신입 사원 첫 출근하기
新進職員到職

對話 03

A：인사과 담당자 人事課負責人／B：유정선 劉廷宣／C：진은수 陳恩秀／D：허안청 許安青／
E：김영수 사원 金永秀職員

A 안녕하세요? 저는 인사 담당자 김윤진입니다. OO 전자에 입사하신 것을 축하합니다. 여러분들도 처음 만났을 테니 서로 인사하세요.

B 안녕하세요? 영업부 신입 사원 유정선입니다. 잘 부탁드립니다.

C 안녕하세요? 경영기획실 신입 사원 진은수라고 합니다.

D 반갑습니다. 저는 개발팀에서 일하게 된 허안청입니다.

A 환영합니다. 정식으로 근무를 시작하기에 전에 인사과에서 몇 가지 주의 사항을 안내해 드리고 사무실로 이동하겠습니다. 먼저 나눠 드린 인사기록카드를 작성해 주십시오.

B 죄송하지만 주소는 사는 곳을 쓰면 됩니까?

A 네, 현재 살고 있는 주소를 쓰면 됩니다. 다 쓰신 분은 저에게 제출해 주세요. 그리고 이것은 여러분들의 사원증입니다. 회사에서는 꼭 사원증을 착용하시기 바랍니다. 그럼 사무실로 이동하겠습니다.

(사무실로 이동)

E 어서 오세요. 저는 영업부 김영수 사원입니다. 저는 작년에 입사해서 사원 1년차예요.

B 안녕하세요? 영업팀 신입 사원 유정선입니다. 열심히 하겠습니다.

A 你們好，我是人事負責人金允真，恭喜你們進入 OO 電子就職。你們幾位應該也是初次見面，互相認識一下吧。

B 大家好，我是業務部的新進職員劉廷宣，請多多指教。

C 大家好，我是經營企劃室的新進職員，我叫陳恩秀。

D 很高興認識大家，我是要到開發組上班的許安青。

A 歡迎你們，在正式開始工作前，我會先在人事課告知幾點注意事項，然後大家才會移動到辦公室。請你們先填寫剛才發下去的人事紀錄卡。

B 不好意思，請問住址是要填寫現在的住處嗎？

A 是的，寫目前住處的地址就可以了，寫完的人請交給我。還有，這是各位的員工證，請各位在公司裡一定要配戴它。那我們移動到辦公室吧。

(移動到辦公室)

E 歡迎，我是業務部的金永秀職員，我是去年到職的，現在職員資歷 1 年。

B 您好，我是業務組的新進職員劉廷宣，我會認真努力的。

E 환영합니다. 우리 부서 사람들을 만난 적이 있어요?

B 네, 김 대리님은 연수 기간에 만난 적이 있습니다. 다른 분들은 아직 뵙지 못했습니다.

E 그렇겠네요. 우리 부서에는 김 대리님 외에 사원 한 명, 주임님 한 분, 대리님 두 분, 부장님 한 분이 계십니다. 모두 좋은 분들이세요.

B 네, 감사합니다. 앞으로도 잘 부탁드립니다.

E 歡迎你，有見過我們部門的人嗎？

B 有，在培訓期間見過金代理，其他人就沒有見過了。

E 我想也是，我們部門除了金代理以外，還有一個職員、一位主任、兩位代理與一位部長，大家人都很好。

B 好的，謝謝，以後也請多多指教。

單字

- **담당자** (擔當者)：負責人
- **영업팀** (營業+team)：業務組
- **개발팀** (開發+team)：開發組
- **경영기획실** (經營企劃室)：經營企劃室
- **인사기록카드** (人事紀錄+card)：人事紀錄卡
- **제출** (提出) **하다**：繳交
- **연수기간** (研修期間)：培訓期間
- **착용** (着用) **하다**：配戴

句型與表達

- **A/V(으)ㄹ 테니(까) 應該A/V、將會A/V**

  提及與後句內容相關的條件或猜測，後句出現的是建議的做法或要求的內容。

  例：제가 선물을 살 테니 00 씨는 꽃을 준비하실래요?

  00先生/小姐，我會負責買禮物，花可以給你準備嗎?

  사무실에 아무도 없을 테니 여기서 기다리세요.

  辦公室應該沒有人，請你在這裡等我。

- **V게 되다 變得V、被安排V**

  被動說法，表示因為外部條件，而面臨某種情況。

  例：다음 주에 회사 일정 때문에 외국으로 출장을 가게 됐습니다.

  下星期因為公司行程的關係，要到外國出差。

  신입사원 교육 때문에 다음 달부터 연수센터에서 일하게 됐습니다.

  因為新進員工訓練，從下個月起會到訓練中心工作。

韓國職場的新人禮儀 04

대부분 합격통지와 함께 신입사원 입사 서류를 안내 받는다. 첫 출근 후 서류 제출까지 기한이 있지만 미리 준비를 하는 것이 좋다. 기본적인 입사 구비 서류는 회사마다 다르지만 신분증, 주민등록등본, 최종학력증명서, 성적증명서, 통장사본 등이다.

한국 직장인들이 입는 옷은 취업 기업의 업무 환경에 따라 다르다. 공기업, 금융권 등 보수적인 기업의 경우 유연한 복장을 허용하지 않고 구두에 정장차림을 고수한다. 반

大部分的人在收到錄取通知時，也會同時接獲新進員工報到資料的通知。儘管距離第一天上班時繳交資料還有期限，還是提早準備比較好。雖然每間公司都不一樣，不過基本的報到必備資料有身分證、戶籍謄本、最高學歷證明、成績證明與存摺影本等等。

韓國上班族穿的服裝，根據任職企業的工作環境而異。像公營企業、金融業等保守企業，就不容許較隨性的服裝，而是

면 게임업계, IT 기업의 경우 운동화에 반바지를 입고 출근하기도 한다. 최근에는 수평적이고 유연한 조직문화를 만들기 위한 방안을 확대하려 노력한다. 직급에 관계없이 이름에 '님' 자를 붙여 부르거나 호칭을 파괴하기도 한다. 격식을 넘어 창의적이고 자유로운 업무환경을 조성하기 위함이다. 다만 호칭은 기업 조직의 문화이기에 통용되는 수준이어야 한다. 직급이 있는 기업의 경우 상급자에게는 '김 부장님', '박 차장님' 등으로 성을 붙이고 직함에 '님' 을 붙여 부르면 예의다. 직함이 없는 직원들끼리는 이름 뒤에 '씨' 를 붙이면 된다. 실무진 직급은 사원-주임-대리-과장-차장-부장의 순이다.

한국 신입사원이 갖추어야 할 덕목으로 빠지지 않는 첫 번째는 '인사 잘하기' 이다. 다음은 '지각하지 않기', 단정한 복장과 용모 등도 필수다. 그 외에도 '자신감', '간단하고 정확하게 핵심만 질문하기' 등이 있다. 신입사원은 존칭과 높임말 사용에 실수가 없어야 한다. '수고하세요.' 는 일을 끝낸 후 인사의 표현으로 사용한다. 하지만 아랫사람이 윗사람에게 하는 표현으로는 올바르지 않다. '수고하다' 는 '힘을 들여 애를 쓰다' 라는 의미라 '수고가 많으셨습니다.', '고맙습니다.' 등으로 대신하는 게 좋다. 다른 사람보다 먼저 퇴근하게 될 경우 인사는 '먼저 들어가겠습니다.', '내일 뵙겠습니다.' 가 좋다. '먼저 갑니다. 수고하세요.' 는 동료들에게 건넬 수 있는 인사말이지, 윗사람이나 직장 상사에게 바른 인사는 아니다. 또한 경어는 높임의 대상을 잘 분별해야 하는데 자주 하는 실수는 무턱대고 존대하는 것이다. '과장님 말씀하신 서류는 여기에 있으십니다.' 여기서 서류를 높이는 것인데, 이는 예의가 없는 표현이 될 수 있다. '과장님 서류 여기 있습니다.' 가 올바른 표현이다.

堅持穿皮鞋配正式服裝。相反地，像是遊戲業與 IT 企業，就有人穿運動鞋配短褲上班。韓國最近在努力擴展用來打造水平且彈性的組織文化的方案。還會不論職階，一律在名字後方加上「님（Nim）」字來稱呼人，或是抹滅掉稱謂。這都是為了超越成規，形塑出有創意又自由的工作環境。不過，因為稱謂是企業組織的文化，一定要是通用的水準。有職階的企業，在面對上層人士時，要用「金部長님（Nim）」、「朴次長님（Nim）」等的姓氏與職階，再加上「님（Nim）」來稱呼才有禮貌，至於沒有職稱的職員之間，在名字後面加上「씨（Ssi）」就可以了。工作單位的職階，依序是「職員—主任—代理—課長—次長—部長」。

韓國的新進員工應該具備的品德，少不了的第一點就是「會打招呼」，其次需要的，則是「不遲到」，也需要服裝與儀容端正等。除此之外，還有「自信心」、「提問時言簡意賅」等。新進員工使用尊稱與敬語的時候，絕對不能出錯。「辛苦了。」是做完工作後道別的用詞，不過，如果用來當成底下的人對上面的人所說的話，就不對了。「辛苦」是「耗力費神」的意思，所以改用「有勞您了。」、「謝謝您。」等來表示比較好。比其他人早下班的時候，適合用「先行告退了。」、「明天見。」道別。「先走囉，辛苦了。」是可以對同事說的道別語，對上面的人或職場上司來說，並不是有禮貌的道別語。此外，也應該分辨清楚敬詞所尊敬的對象，許多人犯的錯誤，都是一味地表達尊敬，「課長，您所說的資料待在這裡。」這句話尊敬的是資料，可能是沒有禮貌的說法，「課長，資料在這裡。」才是正確的說法。

單字

- **사본** (寫本)：影本
- **공기업** (公企業)：公營企業
- **직급** (職級)：職階
- **격식** (格式)：成規、規矩
- **조성** (造成) **하다**：形塑、形成
- **건네다**：遞給、交給、交付
- **무턱대고**：一味地、不加以思考地
- **올바르다**：正確的

03 전화하기
講電話

A：사원 職員／B：하나 투어 哈娜旅遊／C：타이베이 투어 台北旅遊

A 네 . 영업부 이라정입니다 .

B 안녕하세요 . 저는 하나 투어 박영미 과장인데요 . 박민석 과장님 자리에 계십니까 ?

A 죄송하지만 잠깐 자리를 비우셨습니다 .

B 한국전통문화 체험 상품 건으로 전화드렸는데요 . 언제쯤 통화가 가능할까요 ?

A 조금 전에 회의를 시작하셔서 1 시간 후에나 돌아오실 겁니다 .

B 그럼 박 과장님께 하나 투어 박영미 과장에게 체험 상품 견적 건으로 전화왔었다고 전해 주시겠어요 ? 제 연락처는 000-0000-0000 입니다 .

A 네 . 메모 전달해 드리겠습니다 .

(1 시간 경과 후)

B 하나 투어 박영미입니다 .

C 박 과장님 , 타이베이 투어 박민석입니다 . 전통문화체험 상품 건으로 전화하셨다고 들었습니다 .

B 네 . 다름이 아니라 지난번에 보내신 상품 계획안에 맞춰서 상품을 구성하는 중인데요 . 전세버스 협력사에서 가격 인상을 요청해서 부득이하게 상품 원가 수정을 해야 할 것 같습니다 .

A 您好，我是業務部的李羅靜。

B 您好，我是哈娜旅遊的朴英美課長，請問朴敏碩課長在嗎？

A 不好意思，他暫時不在座位上。

B 我致電是為了討論韓國傳統文化體驗商品一案，請問什麼時候方便通話呢？

A 他才剛開始開會，大概要 1 個小時以後才會回來。

B 那可以請您幫我轉告朴課長，說哈娜旅遊的朴英美課長因為體驗商品評估一案，打了電話給他嗎？我的電話是 000-0000-00000。

A 好的，我會記下來，替您轉告。

（經過 1 個小時以後）

B 我是哈娜旅遊的朴英美。

C 朴課長，我是台北旅遊的朴敏碩，聽說您因為傳統文化體驗商品一案，打了電話給我。

B 是的，打給您是因為，我正在配合您上次寄來的商品企劃案安排商品，但是合作的包車公司要求調漲價格，所以可能不得不調整成本了。

C 몇 퍼센트 인상을 원하나요 ?

B 5% 인상해 달라고 합니다 .

C 5% 면 인상폭이 조금 커서 저희 쪽에서도 회의를 해 봐야 합니다 . 우선 부장님께 보고하고 다시 연락드리겠습니다 .

C 對方要求提高多少百分比 ?

B 說想要提高 5%。

C 5% 的話，漲幅太大了，我們這裡也需要開會討論看看。我先向部長報告，再跟您聯絡。

單字

- **투어** (tour)：旅遊
- **자리를 비우다**：不在位子上、離開崗位
- **의뢰** (依賴) **하다**：委託
- **전세버스** (專貰+bus)：包車
- **협력사** (協力社)：合作公司
- **원가** (原價)：成本
- **인상폭** (引上幅)：漲幅

句型與表達

- **N건으로 因為 N 一案**

  意思是「因為跟N有關的事情」，官方文件經常使用。

  例：화장품 수출 건으로 대만 사무소와 회의를 진행하려고 합니다.

  想針對化妝品出口一案，和台灣事務所進行會議。

  항공권 예매 건으로 항공사에 이메일을 보냈습니다.

  因為機票預訂一案，向航空公司寄出了電子郵件。

- **V아/어 달라고 하다 請V**

  把請託或命令句型態的「아 / 어 주세요」，透過間接引用法轉述給其他人聽的時候，如果說話者與受惠者一致，就使用「아 / 어 달라고 하다」；如果說話者與受惠者不一致，則使用「아 / 어 주라고 하다」。

  例：미영 "저 좀 도와 주세요." → 미영 씨가 (자기를) 도와 달라고 했습니다.

  美英：「請幫幫我。」 → 美英請人幫她 (自己)。

  민수 "이 책 좀 빌려 주세요." → 민수 씨가 [민수 씨에게] 책을 빌려 달라고 했어요.

  民秀：「請借我這本書。」 → 民秀先生請我借這本書 (給他)。

여보세요 (喂) 的由來與電話禮儀 06

한국 사람은 전화를 받을 때 '여보세요' 라고 한다. 사전적 의미는 '여봐요' 를 조금 높여 이르는 말이지만, 관례적으로 전화를 받을 때 상대편을 부르는 인사말로 쓰인다. 또한 통화 중 통화 품질이 안 좋거나 내 말이 안 들릴 것 같을 때 '잘 들리냐'는 의미로 쓰기도 한다. 자기보다 나이가 어리거나 지위가 낮은 누군가를 부를 때 하는 말이기도 하다. 따라서 전화 통화가 아닌 경우 사용하게 되면 부정의 의미가 포함되어 있다.

韓國人接電話的時候會說「여보세요 (喂；請看這邊)」，雖然這句話在辭典上的釋義是稍微尊敬地說出「看這邊」，不過習慣上是接電話時，當成稱呼對方的招呼語使用。而且如果在通話中，發現通話品質不好，或是對方好像聽不清楚自己說話的時候，也會用作「聽得清楚嗎」的意思。這同時也是叫年紀比自己小，或是職位比自己低的某人時說的話。因此，如果在講電話以外的場合使用，就會包含貶義。

'여보세요' 는 수동식 전화 방식을 쓰던 풍습에서 유래했다는 설이 유력하다. 1987년까지 전화교환원(전화를 중간에서 연결해 주는 사람)을 거쳐 상호간의 통화를 연결했는데 전화교환원을 부르던 호칭이 "여봐라" 였고, 응답으로 "여보시오" 라는 말을 사용하며 시작된 것이다. '여보세요' 의 '여' 가 '여기(此處)' 에서 온 것으로 보는 견해가 있어 '보다' 의 '보-' 가 '-(으)세요' 와 결합하여 명령형인 '보세요' 로 구성된다. '여기 보세요' 라는 의미로 '내가 여기에 있으니 여기를 봐라' 라고 말하는 것이다. 상대방의 얼굴을 보지 못하고 수화기 속 사람과 대화를 시작하기 위해 처음 사용한 말이다.

직장에서의 업무전화 예절은 일반전화와 달리 신경 써야 할 부분이 많다. 업무상 걸려온 전화는 가급적 빨리 받고 '여보세요' 보다는 "안녕하세요." 또는 "감사합니다." 로 보다 적극적인 인사말을 전한다. 인사 후 곧 바로 "OO 팀, OOO 사원 입니다." 와 같이 소속과 성명, 직함을 먼저 밝힌다. 전화 도중 주변 소음으로 대화 내용을 잘 알아듣지 못했다면 재차 묻기보다는 "전화가 잘 안 들렸습니다. 다시 한번 말씀해 주세요." 와 같이 통화상태를 전달해야 한다. 전화 도중 메모지와 필기구를 준비해서 메시지를 받아 적는 게 좋다. 누군가를 바꿔줘야 하는데 상대가 찾는 담당자가 부재중일 때 부재중인 이유를 설명하고, 전화를 걸어 온 사람의 이름, 직함, 연락처를 메모해 담당자에게 전달한다. 전화를 끊을 때에는 상대가 끊은 것을 확인한 후 끊는 것이 예의다. 일반적으로는 전화를 걸어 온 쪽이 먼저 끊는다. 용건이 끝나지 않았는데 전화를 끊어버리는 일이 발생하지 않도록 하기 위함이다. 간단한 마무리 인사도 잊지 말아야 한다.

有人說「여보세요 (喂)」源自於過去使用被動的撥電話方式的風俗,這種說法的可能性相當大。在 1987 年以前,需要經由電話轉接員 (在中間幫忙接通電話的人) 連接彼此間的通話,當時人們稱電話轉接員的稱謂是「여봐라 (喂)」,電話轉接員也會使用「여보시오 (喂)」作為回應,而因此開始的。有觀點認為,「여보세요 (喂)」的「여」是來自「여기 (這裡、此處)」,然後「보다」的「보 -」跟「-(으)세요」結合,而構成命令形「보세요」。這句話表示「여기 보세요 (請看這邊)」,是說著「我在這裡,你看看這裡」的意思。那是看不見對方的臉,又為了和聽筒中的人展開對話,而開頭使用的話。

職場上的工作電話禮儀和一般電話不一樣,有許多地方要留意。因工作而打來的電話,要趕緊接起來,說出「您好」或「謝謝」這種比「喂」更積極的招呼語。打完招呼以後,就要主動報上自己的所屬單位、姓名與職稱,像是「我是 OO 組的 OOO 職員。」在通話過程中,要是因為周遭嘈雜,沒聽清楚對話內容,與其再次追問,不如說「電話聽不清楚,請您再說一次。」像這樣轉知通話狀態。在通話過程中,最好準備便條紙和書寫工具,把訊息筆記下來。在應該把電話轉接給別人,但是對方要找的負責人卻不在的時候,應該說明對方不在的原因,並且記下來電者的姓名、職稱、聯絡方式,再轉告給負責人。掛電話的時候,要確定對方已經掛斷了,再掛電話才有禮貌。一般是撥出電話的那方先掛斷,這是為了避免事情還沒講完,電話就被掛掉的情況發生。簡單的結尾問候語也不可以忘記。

單字

- **수동식** (手動式):被動的、手動式的
- **유력** (有力) **하다**:可能性大;有權勢的
- **상호간** (相互間):彼此間
- **수화기** (受話器):聽筒
- **직함** (職銜):職稱、頭銜
- **소음** (騷音):噪音
- **필기구** (筆記具):書寫工具
- **용건** (用件):要辦的事情

04 컴플레인 해결하기
處理客訴

對話 🔊 07

A：고객센터 사원 客服中心職員／
B：고객 顧客／C：엔지니어 工程師

A 어서 오세요 . 뭘 도와 드릴까요 ?

B 새로 산 노트북 전원이 안 들어오네요 . 산 지 일주일밖에 안 됐는데요 .

A 불편을 끼쳐 드려 정말 죄송합니다 . 우선 수리 접수를 해 드리고 노트북 담당 엔지니어와 상담해 보시겠습니까 ?

B 네 . 바로 처리해 주세요 . 사자마자 문제가 생겨서 얼마나 불편했는지 몰라요 . 불량 제품이면 바로 교환 받고 싶은데요 .

A 아 , 그러셨어요 ? 정말 죄송합니다 . 노트북 담당 엔지니어가 먼저 점검을 한 후에 바로 조치해 드리겠습니다 . 잠시만 기다려 주십시오 .

A 일주일 전에 노트북을 구매하셨는데 , 전원이 안 들어온다고 하셨어요 . 고장 원인을 확인해 보고 , 불량 제품이면 바로 교환해 드려야 해요 . 고객님께 자세히 상담해 주시겠어요 ?

C 네 . 확인해 보고 고객님께 잘 설명해 드릴게요 .

C 김아영 고객님 , 오래 기다리셨지요 ? 우선 제가 확인해 보니 제품의 불량이 맞습니다 . 제품 전원 버튼에 문제가 있는데 , 바로 교체도 가능하고 새 제품으로 교환도 가능합니다 . 어떻게 처리해 드릴까요 ?

A 歡迎光臨，請問有什麼能為您效勞的嗎？

B 我新買的筆電開不了機，我才剛買一個禮拜而已。

A 造成您的不便，真的很抱歉。我先為您報修，您跟負責筆電的工程師討論看看，好嗎？

B 好，請直接幫我處理，一買就出問題，都不知道我有多困擾。如果這是瑕疵品，我希望可以馬上換一台。

A 哦，這樣啊？真的很抱歉，負責筆電的工程師先檢查過以後，就會立即為您處理了，請您稍候一下。

A 顧客表示她在一週前購買筆電，卻開不了機。請你先確認看看故障的原因，如果是瑕疵品，就要馬上換貨給顧客了。你可以跟顧客仔細討論一下嗎？

C 好，我先確認看看，再好好跟顧客說明。

C 金雅英貴賓，久等了吧？首先，我確認過了，發現產品的確有瑕疵沒錯。產品的電源鍵有問題，可以馬上更換，也可以換一台新產品給您，要怎麼幫您處理呢？

B 산 지 얼마 안 됐는데 불량이라고 하니까 새 제품으로 교환 받고 싶네요. 노트북을 자주 쓰는 편이라서 비싼 제품으로 구입했는데 조금 실망스러워요.

C 정말 죄송합니다. 그럼 새 제품으로 교환 받으실 수 있도록 바로 처리해 드리겠습니다.

B 聽到才剛買沒多久就有瑕疵，讓我想換一台新的耶。因為我很常用筆電，當初才會選擇購買高價的產品，這讓我有點失望。

C 真的很抱歉，那我馬上為您處理，讓您可以換一台新的。

單字

- **엔지니어** (engineer)：工程師
- **조치** (措置) **하다**：處置、處理
- **처리** (處理) **하다**：處理
- **불량이 맞다**：的確有瑕疵、的確是不良品

句型與表達

- **V자마자 一V就**

  表示某種情況發生後，接著馬上發生另一種情況。

  例：김 대리는 매일 퇴근하자마자 어디를 그렇게 가는 거예요?

  金代理每天一下班，就急急忙忙趕去哪裡啊？

  코로나 때문에 집에 오자마자 꼭 손을 씻습니다.

  因為COVID-19的關係，我一回到家，一定會馬上洗手。

- **N도 가능하고, N도 가능하다 可以 N，也可以 N**

  用於表示用兩種情況處理，都不會有問題的時候。

  例：사이즈 교환도 가능하고 환불도 가능하나요? 可以換尺寸，也可以退貨嗎？

  예약 변경도 가능하고, 취소도 가능합니다. 可以更改預約，也可以取消。

韓國的爭議廣告與行銷案例 08

　　사회적 갈등의 민감한 이슈를 잘못 다뤄 논란을 만든 홍보는 적지 않다. 최근에는 젠더 문제가 분쟁과 갈등으로 확산되는 경우가 많다. 디지털마케팅(SNS) 홍보가 증가하면서 상대적으로 쉽게 올리게 되는 게시물/영상이 주된 논란을 일으킨다. 젊은 층에게 민감한 젠더 갈등은 온라인에서 수면 위로 부상되어 기업들 마케팅 수립시 사회적 이슈에 대해 보다 세밀한 인지능력과 기민한 대응이 요구된다.

　　〈서울우유〉는 한국 우유 시장점유율 1위, 한국생산성본부 '브랜드 경쟁력 지수' 우유 부문 13년 연속 1위의 인지도 높은 전통적인 기업이다. 2021년 말 유튜브 채널에 공개

　　因為錯誤操作社會衝突中的敏感議題，而引發爭議的行銷並不少。近來，性別問題經常擴大為紛爭與衝突。隨著數位行銷 (SNS) 宣傳增加，而變得相對容易發出的貼文 / 影片引起主要爭議。年輕族群較敏感的性別衝突，會在網路浮上水面，因此眾企業在規劃行銷時，需要對社會議題擁有更細膩的認知能力，並且機靈應對。

　　「首爾牛奶」是韓國牛奶市佔率第 1 名，並在韓國生產性本部「品牌競爭力指數」的牛奶部門，連續 13 年蟬聯第 1 的

된 광고 영상은 '여성혐오' 논란을 가져왔다. 초원에서 요가 자세를 하고 있는 여자들을 한 남성이 카메라를 들고 조심스레 촬영한다. 남성이 나뭇가지를 밟아 소리가 나자 기척을 느낀 여성들 모두가 젖소로 변한다는 내용이다. 카메라 구도가 몰래 촬영하는 컨셉이라는 점, 여자를 젖소에 비유했다는 점에서 시대착오적이라는 비판의 평가를 받았다. "무슨 생각으로 이런 광고를 만든 건지 모르겠다", "살면서 본 가장 불쾌한 광고", "신체를 관음적으로 묘사한 역겨운 광고" 등 황당하다는 비판의 반응이 나왔다.

한국 편의점 〈GS25〉가 2021년 5월 제작한 포스터는 '남성혐오' 논란에 휩싸였다. 캠핑용 식품을 판매하는 내용으로 포스터를 제작했는데, 소시지를 집는 '집게손가락' 모양이 한국 남성을 비하하는 의미로 해석되며 남성혐오 논란이 일어났다. 포스터에 들어간 영어 문구 'Emotional Camping Must-have Item'도 각 단어의 끝 알파벳을 조합하면 'MEGAL', 한국의 극단적인 페미니즘 커뮤니티를 의미한다고 주장했다. 해당 논란으로 미국 CNN방송이 한국 사회 젠더 갈등에 대해 집중 조명하기도 했다. 이후 담당 디자이너는 징계를 받았다.

과거 남성혐오 논란으로 물의를 빚은 적 있는 작가와 마케팅 협업 계획을 발표하면서 논란이 제기된 햄버거 패스트푸드 전문점 〈롯데리아〉사례도 있다. 실체가 없는 계획뿐인 소식이었지만 불매운동, 공식 사과 요구까지 빠르게 확산되었다. 결국 해당 마케팅은 백지화됐다.

高知名度傳統企業。2021年年底，它在YouTube頻道公開的廣告影片引發了「厭女」爭議。內容是一名男性拿著相機，小心翼翼地拍攝著一群在草原上擺出瑜珈姿勢的女人。在男性因為踩到樹枝而發出聲響後，感受到動靜的女性，全部變成了乳牛。相機構圖是偷拍概念的這點，以及把女人比喻成乳牛的這點，導致廣告飽受批評，遭指不符合時代，還有出現感到荒唐的反應，像是「不懂拍出這種廣告的人到底在想什麼」、「這輩子看過讓人最不舒服的廣告」、「用窺視描寫身體的噁心廣告」等等。

韓國便利商店「GS 25」在2021年5月製作的海報，則是被「厭男」爭議籠罩。使用販售露營用食品的內容製作了海報，捏香腸的「食指」手勢卻被解讀為貶低韓國男性的意思，因而引發厭男爭議。還有人主張，只要把海報中的英語文案「Emotional Camping Must-have Item」各個單字的最後一個字母組合起來，就會變成「MEGAL」，表示韓國的極端女權主義論壇。該起爭議還讓美國CNN新聞對韓國社會的性別衝突進行了專題報導。後來，負責的設計師遭到懲處。

還有一個例子是，在公布與過去曾因厭男爭議惹議的作家進行的聯名行銷企劃後，被指出爭議的漢堡速食專賣店「儂特利」。雖然只是沒有實體企劃的消息，還是迅速地延燒成抵制運動、要求儂特利正式道歉。最後，該行銷案也取消了。

單字

- **부상** (浮上) **되다**：浮出、浮上
- **세밀** (細密) **하다**：細膩、細緻
- **시장점유율** (市場占有率)：市佔率
- **조심** (操心) **스레**：小心翼翼地
- **기척**：動靜、聲響

- **시대착오적** (時代錯誤的)：不符合時代的
- **휩싸이다**：被籠罩、被包圍
- **징계** (懲戒)：懲處、懲罰
- **사례** (事例)：例子、案例
- **공식** (公式) **사과** (謝過)：正式道歉

05 회의하기
開會

A : 부장 課長／B : 유정선 劉廷宣

A 유정선 씨, 영업 보고 준비 다 됐어요? 정선 씨 입사한 지 얼마되지 않은 것 같은데 벌써 첫 보고 회의를 진행하네요. 기분이 어때요?

B 네, 열심히 준비를 하긴 했는데 지금 너무 긴장이 됩니다.

A 발표 연습도 많이 했지요? 김 대리 말로는 정선 씨가 준비도 열심히 했다고 하던데 잘할 수 있을 거예요. 긴장하지 말고 차분하게 하세요. 부장님 오시면 바로 시작합시다.

B 안녕하세요? 저는 영업부 사원 유정선입니다. 지난 분기 영업 실적을 보고 드리겠습니다. 자세한 내용은 앞에 놓인 자료를 참고해 주시기 바랍니다. 상반기에 비해서 하반기에 영업 실적이 10% 상승하였고, 전체적으로 화장품 관련 상품에 대한 반응이 좋은 편이었습니다.

A 화장품의 반응이 좋았던 이유는 무엇입니까?

B 우선 색조 화장품 중에서 틴트가 20~30대 젊은 여성층에게 인기가 많았고, 쿠션 제품의 디자인과 기능이 좋기 때문으로 조사됐습니다.

A 다음 분기 신상품 영업 계획에도 참고하면 좋겠네요.

B 감사합니다. 이상으로 영업부 영업 실적 보고를 마치겠습니다.

A 수고했습니다.

A 劉廷宣小姐，準備好業務報告了嗎？妳好像才剛進公司沒多久，就要進行第一次報告會議了，心情怎麼樣？

B 是的，我有認真準備，但現在還是非常緊張。

A 妳也練習過很多次報告了吧？我聽金代理說，妳很認真準備，相信妳應該可以表現得很好。不要緊張，沉穩一點。等部長到了，就直接開始吧。

B 大家好，我是業務部的職員劉廷宣，現在要向各位報告上一季的業務績效，詳細內容請參考擺在各位面前的資料。相較於上半年，下半年的業務績效成長了10%，整體上，化妝品相關商品的反應也算好。

A 化妝品反應好的原因是什麼呢？

B 首先，我調查到的是因為在彩妝品當中，唇膏受到20~30幾歲的年輕女性族群歡迎，而且氣墊產品的設計與功能很棒。

A 希望下一季的新產品業務規劃也會參考。

B 謝謝，業務部的業務績效報告就到這裡。

A 辛苦了。

- **차분하다**：沉穩
- **참고** (參考) **하다**：參考
- **상승** (上升) **하다**：上升
- **상반기** (上半期)：上半年
- **하반기** (下半期)：下半年
- **실적 보고** (實績報告)：績效報告
- **틴트** (tint)：唇膏
- **쿠션** (cushion)：氣墊
- **여성층** (女性層)：女性族群
- **이상** (以上) **으로**：到此為止

- **V지 말고 V(으)세요 別V了，V吧**

意思是制止對方做出前句的動作，並要求對方做出後句的動作。

例： 여기에서 담배를 피우지 말고 흡연실을 이용하세요.

別在這裡抽菸，去吸菸室吧。

오늘은 야근하지 말고 일찍 퇴근하세요. 今天別加班了，早點下班吧。

- **A/V았던/었던 過去曾經A/V**

在回想名詞前面的過去的事件或狀態，並進行說明的時候使用，可以和動詞、形容詞還有「N 이다」結合。

例： 작년에 봤던 영화를 최근에 다시 봤는데 여전히 감동적이었어.

最近重看了去年看過的電影，還是很感動。

어릴 때 키가 작았던 동생이 지금은 나보다 커요.

小時候個子很小的弟弟/妹妹，現在已經比我高了。

職場上用得到的那些新造語

한국어에는 다양한 신조어와 유행어가 있다. 사회가 변화함에 따라 신조어와 유행어 등이 새롭게 만들어지기도 하고, 어떤 단어는 사라지기도 한다. 이러한 신조어와 유행어는 당시의 사회상이나 한국 사람들의 생각을 반영하기도 한다. 한국에서 자주 사용되고 있는 몇 가지 신조어를 소개한다.

먼저 '꼰대' 는 기성세대, 어른, 노인, 선생을 뜻하는 은어이다. 나이가 많은 권위주의적 사고방식을 가진 사람을 비하하는 데 사용한다. 최근에는 나이를 떠나 상대에 대한 배려와 이해없이 지적하려는 행위, 다시 말해 '꼰대짓' 하는 사람을 지칭한다. 대표적인 꼰대짓으로는 본인 생각에 대한 강한 확신, 과거 자신의 경험을 미화, 과도한 참견과 오지랖, 젊은 사람들의 생각과 사고를 무시하는 언행, 교훈적 언사 및 도덕강조 등이 있다. "나 때는 말이야!" 로 시작하는 경우가 많은데, "라떼는 말이야~" 식으로 희화화됐다. 에스프레소에 뜨거운 우유를 곁들인 '카페라떼' 에서 비롯된 언어유희다.

韓文當中有各式各樣的新造語和流行語。隨著社會變化，新造語和流行語被創造出來，而某些詞也會消失。這樣的新造語與流行語，也會反映出當時的社會現象，或是韓國人的想法。在此介紹韓國常用的幾個新造語。

首先，「꼰대（老頑固）」是意指老一輩、長輩、老人、老師的隱語，用來貶低年紀大，又擁有權威主義思維的人。最近則是不論年紀，用來指稱會做出既不體貼也不瞭解對方，就想指責對方的行為，也就是「說教」的人。具代表性的說教行為，有堅信自己的想法、美化自己過往的經驗、過度干涉與雞婆、瞧不起年輕人想法和思維的言行、訓誡式的言詞與強調道德等等，經常使用「나 때는 말이야！（想當年，我……！）」開頭，後來被惡搞，變成了「라떼는 말이야~（我說拿鐵～）」，這是出自於濃縮咖啡配上熱牛奶的「拿鐵咖啡」的語言遊戲。

'고문관' 은 군 생활에 적응하지 못하는 장병을 말한다. 원래 의미는 자문에 응하여 의견을 말하는 군대 직책을 맡은 관리다. 하지만 군대에서 어수룩한 사람을 놀림조로 이르는 말로 변질됐다. 군대에서 시작된 용어지만 단체생활 및 직장생활, 사회생활에서도 널리 사용되며 어리숙하며 애로사항이 많은 사람을 비하해서 부르는 말이다. 한국전쟁 시절 미군 군사고문관이 한국말도 못하고, 실정에 어둡다 보니 실수가 많고, 제대로 적응하지 못한 것에서 유래됐다.

'만렙' 은 게임 캐릭터 레벨 수치가 10,000점이라는 의미로 최고 레벨까지 올라간 상태를 말한다. 한자 가득하다는 의미의 '만'(滿)자와 영어 '레벨'(level)의 합성어다. 아이템, 스킬 등 레벨 구간의 최대치로 성장한다는 의미다. 통상 능력자, 실력자를 표현할 때 '잘한다', '최고다', '뛰어나다' 등 의미로 사용된다. 방송사 자막에도 자주 사용되는 용어지만, 현재는 '방송통신위원회' 가 한글 파괴 용어로 판단하여 제재를 하고 있다. 기타 젊은 층이 많이 사용하는 신조어로는 〈쪼렙:만렙의 반대말로 레벨이 낮다는 의미〉, 〈O린이: 어떤 것에 입문했거나 실력이 부족한 초보를 뜻하는 말로, 어린이의 '어' 를 빼고 관련 명사 첫 글자를 채워 넣는 방식, 예를 들어 주식투자 초보를 '주린이', 골프 초보를 '골린이', 헬스 초보를 '헬린이' 로 표현하는 식〉, 〈핵인싸: '커다랗다' 는 의미와 'insider' 의 합성어로 무리와 섞여 친밀하게 잘 어울리는 사람〉, 〈말잇못: '말을 잇지 못하다' 의 줄임〉, 〈입틀막: '입을 틀어막다' 의 줄임으로 놀라거나 벅찬 감정을 표현〉 등이 있다.

「고문관（天兵，漢字：顧問官）」指的是沒辦法適應軍中生活的官兵，原指軍中職責是負責面對諮詢並表達意見的官員，只不過後來變質，成了軍營裡用取笑的口吻稱呼傻呼呼的人的詞。雖然這個詞是從軍營開始用的，但是它在團體生活、職場生活與社會生活中，也受到廣泛使用，用來貶低愚笨又有很多問題的人。這個詞源自於韓戰時期，美軍的軍事顧問官不會說韓文，也不諳實際情況，因此常常犯錯，也沒辦法順利適應。

「만렙（封頂）」指的是遊戲角色的等級數值達到 10,000 點（만점 滿點、滿分），已經升到等級上限的狀態，是由具「充滿」意思的漢字「滿」字和英文的「Level」組成的合成詞。意思是道具、技能等已經成長到最高等級區間、最大值了。通常在表示一個人有能力、有實力的時候，也會用作「很棒」、「最棒」、「優秀」等意思。這是電視台的字幕也很常用的詞，只是現在「廣播通信委員會」認為這是破壞韓文的詞彙，因此正進行制裁。其他年輕族群常用的新造語，還有「쪼렙（低等）：만렙（滿等）的相反，表示等級很低」、「O린이（O 菜鳥）：意指剛入門某個東西，或是實力不夠的新手的詞，將어린이的『어』去掉，改填入相關名詞的第一個字，譬如用股市新手『주린이（股菜鳥）』、高爾夫新手『골린이（高菜鳥）』、健身新手『헬린이（健菜鳥）』這種方式表現」、「핵인싸（核心人物）：由『巨大』的意思與『insider』組成的合成詞，指融入群體，擅長與人親近相處的人」、「말잇못（無繼話）：『無法繼續接話下去』的簡稱」、「입틀막（堵嘴）：『堵住嘴巴』的簡稱，表示驚訝或激動的情緒」等等。

單字

· **반영** (反映) **하다**：反映出	· **곁들이다**：配上、搭配、同時做
· **기성세대** (旣成世代)：老一輩	· **어수룩하다**：傻呼呼的
· **권위주의적** (權威主義的)：權威主義的	· **애로사항** (隘路事項)：有問題的地方、難處
· **비하** (卑下) **하다**：貶低	· **입문** (入門) **하다**：入門
· **언행** (言行)：言行	· **벅차다**：激動、興奮

06 사무실에서 얘기하기
辦公室聊天

A：유정선 劉廷宣／B：김수지 金秀智

A 수지 씨, 어제 일찍 퇴근했어요?

B 아니요, 요즘 저희 부서에 일이 많아서 조금 늦게 퇴근했어요. 월말 정산 기간이라서 지난주부터 일주일 내내 야근을 하고 있어요. 그런데 오늘만 지나면 급한 일들은 다 끝나니까 참을만 해요. 요즘 영업부는 어때요?

A 저희도 영업 실적 보고를 준비하느라 정신없이 바빴는데, 잘 마무리돼서 한숨 돌렸어요. 입사 후 처음으로 실적 보고 회의를 진행하는 거라 긴장돼서 혼났어요. 겨우 마음의 여유가 생겨서 수지 씨하고 티타임을 가질 수 있게 됐어요.

B 아! 소식 들었어요. 저희 부장님도 정선 씨가 첫 보고를 잘했다고 칭찬하시던데요. 정말 수고했어요. 참, 정선 씨 저하고 동갑이라고 들었는데, 우리 사적인 자리에서는 말 편하게 할까요?

A 사적인 자리가 뭐예요?

B 회사 안이나 사무실, 아니면 다른 직원들하고 있는 자리는 공적인 자리라고 하고, 저희 둘만 있는 상황을 사적인 자리라고 해요. 우리 나이도 같고, 입사 동기니까 서로 편하게 대해요.

A 네, 좋아요.

A 秀智小姐，妳昨天一早就下班了嗎？

B 沒有，我們部門最近的工作很多，所以我比較晚下班。因為月底是核算期間，我從上禮拜開始，加了整個禮拜的班。但是今天過後，比較趕的工作就弄完了，所以還可以忍受。最近業務部怎麼樣？

A 我們本來也為了準備業務績效報告忙得天昏地暗，但是已經順利結束了，讓我鬆了一口氣。因為這是我進公司以來，第一次進行績效報告會議，所以還緊張到挨罵。現在是內心輕鬆多了，才有辦法跟妳喝下午茶。

B 哦！我有聽說，我們部長也有稱讚妳，說妳的首次報告很棒。真的辛苦妳了。對了，廷宣小姐，我聽說妳跟我同屆，那我們私底下講話要不要隨意一點？

A 私底下指的是什麼？

B 在公司裡、辦公室，或是其他員工在場的場合是公開場合，只有我們兩個獨處的情況，就是私底下囉。我們年紀一樣，也是同一梯進公司的，彼此說話就隨意一點吧。

A 好的，好啊。

韓國人真不能沒有咖啡？

 12

한국인들에게 커피는 일상생활에서 빠뜨릴 수 없는 기호식품이 됐다. 한국 커피 역사는 조선시대 고종황제 때부터 시작됐다. 이후 다방 형식으로 커피를 즐길 수 있는 곳이 생겨나면서 커피는 더욱 대중화됐다. 커피는 서양 문물의 상징으로 여겨지며 추후 문화공간으로 접목되었다. 다양한 음료수와 함께 음악을 들을 수 있는 음악다방으로 발전했고, 커피믹스는 한국 사람이면 누구나 알고 있는 인스턴트 커피로, 커피에 설탕과 프림을 함께 포장한 상품이 주류를 이루었다. 한국인의 "빨리빨리" 문화가 커피믹스 흥행 요인 중 하나인데 뜨거운 물만 있으면 간편하게 즐길 수 있어 급한 성격의 한국인을 공략한 것이다. 이후 원두커피를 중심으로 한 대형 커피 전문점이 들어오기 시작하며 에스프레소를 기본으로 하는 다양한 커피 소비 문화가 확산되었다. 당시 원두커피는 대중들에게 익숙하지 않았지만 카페라떼, 가벼운 분위기에서 카페라떼, 카푸치노 등을 즐길 수 있어 젊은 층 사이에서 뜨거운 반응을 얻었다.

對韓國人來說，咖啡已經成了日常生活中不可或缺的嗜好飲品。韓國咖啡的歷史始於朝鮮時代高宗皇帝，後來隨著茶房形式、可以享用咖啡的地點出現，咖啡便更普及化。咖啡被視為西洋文物的象徵，並在後來與文化空間結合，發展為享用各種飲料的同時，還可以聆聽音樂的音樂茶房，至於三合一咖啡是韓國人都知道的即溶咖啡，這種把咖啡、砂糖和奶精包裝在一起的商品成為了主流。韓國人的「快快」文化是三合一咖啡熱賣的主因之一，只要有熱水，就可以簡便地享用，所以順利攻佔了性急的韓國人的心房。後來，專注於原豆的大型咖啡專賣店開始進駐，以濃縮咖啡為基礎的各種咖啡消費文化也變得普及。當時的大眾對於原豆咖啡還不熟悉，卻憑著拿鐵、卡布奇諾等輕鬆的氛圍，在年輕族群裡獲得了熱烈的迴響。

2021년 말 국세청 자료 기준 커피 음료점(83,363개)은 편의점(48,458개)보다 압도적으로 많았다. 커피전문점은 동네마다 몇 개씩 들어섰을 정도다. 세계 성인 1인 연평균 소비량은 132잔이지만 한국인 성인 1인당 커피 소비량은 연간 353잔으로 인구 대비 최고수준이라는 연구결과도 있다. 세계 평균보다 2.7배나 더 많이 마시는 것이다. 아침에 사무실에 출근하면 습관적으로 커피를 마시는 사람이 많다. 점심 식사 후 한 잔, 나른한 오후를 견디고 동료들과 짧게 대화를 나누기 위해 한 잔 이렇게 하루에도 서너 잔씩 커피를 마시는 직장인이 많다.

'커피 수혈'은 커피를 혈액에 비유한 한국만의 신조어로 커피 없이 생활하기 힘든 한국 사람들의 모습을 보여준다. 늘 피곤한 직장인에게는 커피에 포함된 카페인이 일종의 각성역할을 하며 몽롱한 정신을 깨워주기 때문이다. 고급커피에 대한 관심이 높아지고 있으며 핸드드립, 커피백, 캡슐커피 등 편리한 추출기구의 보편화되어 사무실에서 편하게 마실 수 있게 됐다. 한국 사람은 커피를 빼고 생활할 수 없을 만큼 한국 식문화에 중요한 부분을 차지하고 있다.

以 2021 年底的國稅廳資料為準，咖啡飲料店（83,363 間）的數量，壓倒性地多過便利商店（48,458 家），甚至每個鄰里都有好幾間咖啡專賣店坐落。也有研究結果發現，全球成年人的人均咖啡消費量是一年 132 杯，韓國成年人的人均咖啡消費量卻是 353 杯，是人均最高水準，比全球平均多喝了 2.7 倍。許多人早上到辦公室上班時，習慣喝杯咖啡，吃完午餐以後來一杯、為了撐過懶洋洋的下午，並且跟同事們簡短地聊聊天，就再來一杯，像這樣一天就喝掉三、四杯咖啡的上班族相當多。

「咖啡輸血」將咖啡比喻為血液，是韓國特有的新造語，展現出韓國人沒有咖啡，就難以生活的面貌。對於總是疲憊的上班族來說，咖啡裡含有的咖啡因，會進行某種提神作用，喚醒恍惚的精神。人們對高級咖啡的關注正在提高，而且隨著濾掛式、咖啡包、膠囊咖啡等便利的萃取器具普及，便可以在辦公室輕鬆享用。韓國人只要少了咖啡就無法生活，咖啡在韓國的飲食文化當中，就是佔有如此重要的份量。

單字

- **빠뜨리다**：丟失、落下；使～陷入
- **문물** (文物)：文物
- **여겨지다**：被視為、被看作
- **인스턴트** (instant)：即時、即刻
- **획일화** (劃一化) **되다**：統一成

- **공략** (攻略) **하다**：攻佔
- **들어서다**：坐落、站立、進入
- **혈액** (血液)：血液
- **몽롱** (朦朧) **하다**：恍惚
- **차지하다**：佔有

07 업무 외 활동
下班活動

A : 김지원 대리 金智原代理／
B : 유정선 사원 劉廷宣員工

A 영업 계획서 다 마무리했어요?

B 네, 김 대리님. 어느 정도 끝냈어요. 내일 회계부 자료 받아서 추가하면 마무리될 것 같아요.

A 고생하셨어요. 참, 오늘 회식에 부장님도 오시나요?

B 네, 부장님도 이번에는 참석하신다고 하셨어요. 그런데 보통 부장님이 회식에 참석하시면 불편할 법한데 저희 부서 사람들은 부장님을 환영하는 분위기라서 솔직히 놀랐어요.

A 실은 다른 부서 같은 경우에는 부장님들은 오시면 불편한 게 사실이지요. 그런데 저희 부장님은 워낙 마인드도 젊으시고, 저희를 배려해 주셔서 그다지 불편하지 않아요. 항상 회식비 계산하시고 일찍 가시거든요.

B 대만에서는 회식을 해도 술을 많이 마시는 경우가 별로 없어서 처음 입사했을 때 걱정이 많았어요.

A 예전에는 회식 때 술로 시작을 해서 술로 끝났는데 지금은 회식 문화가 많이 바뀌고 있어요. 어떤 회사는 점심 식사로 회식을 대체하기도 하고, 퇴근 후에 간단히 볼링을 하거나 영화를 보는 곳도 있다고 들었어요.

B 저처럼 술을 잘 못 마시는 직원들한테는 참 좋은 문화인 것 같아요.

A 業務企劃書已經完成了嗎?

B 是的,金代理,已經大致完成了, 等明天拿到會計部的資料再加上去, 應該就可以收尾了。

A 辛苦妳了。對了,部長也會來今天 的聚餐嗎?

B 會,部長說他會出席今天的聚餐。 是說,如果部長出席聚餐,大家通 常會不自在,可是我們部門的風氣 卻是歡迎部長,其實這讓我很驚訝。

A 其實像是其他部門,如果部長來了, 大家就會不自在是事實,但是我們 部長本來的心態就很年輕,也很照 顧我們,所以不會讓人那麼不自在。 他總會付完聚餐的帳,就提早離開。

B 在台灣,就算聚餐,也不太會喝一 堆酒,所以我剛進公司的時候很擔 心。

A 以前聚餐的時候,都是從喝酒開始, 再從喝酒結束,但是現在的聚餐文 化正在大幅改變。有些公司也會用 吃午餐代替聚餐,聽說有的地方還 會在下班後,去簡單打個保齡球, 或是看看電影。

B 對於跟我一樣不會喝酒的員工來說, 感覺是很棒的文化。

單字

- **법인카드** (法人+card)：法人信用卡
- **한우** (韓牛)：韓牛
- **추가** (追加) **하다**：新增、額外追加
- **실은**：其實
- **배려** (配慮) **하다**：體貼、照顧

句型與表達

- **V고 나니(까) V完才知道、V完才發現**

  表示在前句的事件發生前並不曉得，卻在做完前句的行為以後，才發現某種事實或感情時使用。

  例：

  일을 마치고 나니까 기분이 좋아졌어요.

  做完工作才發現心情變好了。

  부장님 말씀을 다 듣고 나니까 이해가 됐어요.

  聽完部長說的話才懂。

- **A/V(으)ㄹ 법하다 應該A/V、可能A/V**

  表示思考過某種情境或事實，發現那件事發生的可能性是存在的。也會加上助詞「도」，用作「(으)ㄹ 법도 하다」的型態。

  例：

  이렇게 오래 연습을 했으면 잘할 법한데 실력이 늘지 않아요.

  既然練習了這麼久，應該要表現得很好，實力卻沒有進步。

  외국에서 10년 동안 살았으면 이제 귀국할 법도 하지요.

  既然在國外住了10年，應該要回國了吧。

韓國聚餐文化現況

 14

한국의 회식문화는 직장생활 가운데 빼놓을 수 없는 매우 중요한 부분이다. 업무의 연장이라 할 만큼 한국 직장생활에서의 회식은 의미가 크다. 최근에는 예전에 비해 많이 퇴색되었지만 그럼에도 아직까지 대부분의 직장에서 회식문화는 건재하다. 회식은 단합과 친목을 도모하기 위해 강제성을 띠고 참석을 강요 받는다. 단순히 음식을 함께 먹고 술을 마시는 자리에 불과하지 않다. 직급이 높은 상사의 비위를 맞춰야 하는 감정소모가 많은 모임이다. 위계질서가 강조되는 기업일수록 직장생활에서 회식은 거부하고 싶은 부담되는 직장문화로 손꼽힌다.

회식메뉴는 삼겹살, 호프집 안주, 소고기, 회, 중국요리, 치킨, 족발 등 다양하지만, 회식장소는 메뉴만 보고 결정하지 않는다. 회식참석 인원이 몇 명인지, 참석자의 연령과 직

韓國的聚餐文化在職場生活中是不可或缺的非常重要的部分。在韓國職場生活中，聚餐的意義重大，堪稱是工作的延長。雖然最近已經比過去消退許多了，大部分的職場至今仍保有聚餐文化。聚餐是為了謀求團結與和睦，而帶有強迫性，被逼著參加的。那並非只是一起吃東西、喝酒的場合，而是必須迎合職階高的上司喜好，消耗許多心力的聚會。聚餐被評選為越強調位階秩序的企業，在職場生活就越令人抗拒、備感負擔的職場文化。

雖然聚餐的菜色多元，有五花肉、啤酒屋下酒菜、牛肉、生魚片、中華料理、炸雞與豬腳等等，聚餐地點卻不是只看菜

급, 성별에 따라 결정한다. 20명 이상 참석하는 회식의 경우 공간 전체를 빌릴 수 있는 매장이어야 하고, 8~10명 미만은 충분한 테이블이 있어 같이 앉을 수 있는 곳이 좋다. 6명 이하는 특별한 제약은 없지만 참석자의 직급이 높다면 별도의 룸(room)이 있는 장소가 적합하다. 직장인 회식장소는 유명한 맛집보다는 적당한 맛을 보장하고 공간이 충분한 장소가 인기다. 가급적 기다리는 시간이 적고, 참석 인원이 수시로 변경될 수 있으므로 예약 변경이 쉬운 장소를 선택해야 한다.

회식은 다양한 이유로 만들어진다. 주로 신입사원 입사, 회사를 떠나는 퇴직이나 승진 발령이 있을 때 회식을 하지만, 정기적으로는 송년회라는 이름으로 연말회식이 많다. 회식은 1차 식사 및 술자리, 2차 호프집, 3차 노래방 등의 순서로 진행되며 회식비용은 대부분 법인카드로 계산한다. 1차 식사자리 이후 적당히 눈치를 보며 귀가할 수 있는 기회가 있다. 법인카드 사용은 업무와 관련된 경비로 한정되지만, 회식비는 회사에서 지원하는 직원 복지로 업무 관련성을 인정 받는다. 모든 회식을 법인카드로 계산하는 건 아니다. 사적인 친목을 위해 동료 직원끼리 만들어진 자리는 예외다. 순수한 의미로 동료들과 퇴근 후 즐기는 자리는 회식으로 볼 수 없다. 회식은 직장사람들이 모여 음주를 동반한 식사 자리만을 의미하지 않는다. 회식비용의 결제 방법, 강제성 여부, 직장 상사의 참석 여부 등으로 사적모임과 구분한다.

色就決定的，而是根據參與聚餐的人數、參加者的年齡與職階、性別來決定。如果是 20 人以上參加的聚餐，就要找可以包場的店；不到 8~10 人的話，最好要選擇桌子夠大家坐在一起的地方。至於 6 人以下，雖然沒什麼限制，但要是出席者的職階較高，選擇另有包廂空間的地方比較適合。上班族聚餐的地點，比起知名美食餐廳，味道有一定保證，空間又足夠的店更受歡迎。因為要盡量減少等待時間、參與人員也可能隨時改變，所以要選擇能輕易更改預約的地方。

聚餐會因為各種原因而安排，主要在新進員工到職、退休離開公司或發出人事晉升令的時候進行聚餐，不過，定期來說，常以送年會的名義舉辦年終聚餐。聚餐按照第 1 攤吃飯喝酒、第 2 攤去啤酒屋、第 3 攤去 KTV 等等的順序進行，聚餐費用大部分都是用法人信用卡結帳。在第 1 攤吃完飯以後，有個可以適時地視情況回家的機會。法人信用卡的使用僅限於工作相關經費，不過聚餐費用是公司支援的員工福利，被肯定為與工作有關。並不是所有聚餐都會用法人信用卡結帳，幾個職員為了增進感情而安排的場合就是例外。純粹只是在下班後跟同事們一起歡度的場合，沒辦法視為聚餐。聚餐指的不只是公司的人聚在一起喝酒、吃飯的場合，而是根據聚餐費用的結帳方式、是否具有強制性、上級人士是否參與等等，與私下聚會做出區隔。

單字

- **빼놓다**：漏掉；選出
- **퇴색** (退色/褪色) **되다**：消退、褪色
- **건재** (健在) **하다**：健在、健存、保有
- **단합** (團合)：團結

- **친목** (親睦)：和睦
- **도모** (圖謀) **하다**：謀求、策畫
- **비위** (脾胃) **를 맞추다**：迎合喜好、投其所好
- **발령** (發令)：命令、下令

08 야근하기
加班

A : 이 주임 李主任／B : 허안청 許安青

A 안청 씨 . 아직 퇴근 안 했어요 ? 안청 씨 요즘 매일 야근 하는 것 같네요 .

B 네 . 다음 주에 있을 화상 회의를 준비하고 있어요 . 회의 자료를 번역하고 통역 준비도 해야 돼서 아직 퇴근을 못 했어요 . 주임님은 거래처 다녀오시는 거지요 ?

A 네 . 저도 마무리 지을 일이 있어서 다시 들어왔어요 . 이 번 회의에서 계약 세부 사항을 논의하지요 ? 용어가 어려 워서 번역이 쉽지 않았을 텐데 혹시 수정할 부분이 있는 지 확인해 드릴까요 ?

B 네 . 주임님 . 감사합니다 . 한번 확인해 주시겠어요 ? 그 렇지 않아도 계약서 용어가 익숙하지 않아서 내일 주임님 께 여쭤 보려던 참이었어요 .

A 그랬군요 . 먼저 이전에 진행된 자료를 참고해서 중요한 용어를 익혀 두는 것이 좋아요 . 새로운 거래처를 선정할 때마다 계약 관련된 사항을 점검해야 되니까요 . 번역하 는 대로 사내 메신저로 보내 주세요 . 확인해 볼게요 .

B 네 . 주임님 감사합니다 .

A 安青小姐，妳還沒下班嗎？妳最近 好像每天都加班。

B 對，我在準備下週的視訊會議。因 為要翻譯會議資料，還要準備口譯， 所以還不能下班。主任剛從客戶那 邊回來吧？

A 對，我也是還有工作要收尾，所以 就回來了。這次會議要討論合約細 項吧？用語困難，翻譯起來應該不 容易，要幫妳看看有沒有需要修改 的地方嗎？

B 是的，謝謝主任，可以麻煩您幫我 看一下嗎？因為我不太熟悉合約用 語，正打算明天要詢問主任呢。

A 原來如此，妳最好先參考以前執行 的資料，熟悉一下重要用語。因為 每次選定新客戶的時候，都要檢查 合約相關事項。妳翻譯完以後，就 用公司內部的通訊軟體傳給我吧， 我會看一下。

B 好的，謝謝主任。

- **야근** (夜勤) **하다**：加班、夜班
- **거래처** (去來處)：客戶、商業夥伴
- **마무리** (를) **짓다**：收尾、完成
- **점검** (點驗) **하다**：檢查、檢驗
- **사내 메신저** (社內+messenger)：公司內部通訊軟體

句型與表達

- **V려던 참이다 正好、正打算**

表示正打算要那麼做。常以「그렇지 않아도 ~V려던 참이다」或是「안 그래도 ~V려던 참이다」的型態使用。

例：

그렇지 않아도 전화하려던 참이었어요. 我正好要打給你。

A: 점심 먹으러 갈까요? 要去吃午餐嗎？

B: 네. 좋아요. 안 그래도 점심 먹으러 가려던 참이었어요.
　嗯，好啊，我正打算去吃午餐。

- **V는 대로 一V就**

表示前句的動作或狀態出現的「那當下、那之後馬上」的意思。

例：

회의가 끝나는 대로 바로 전화드리겠습니다.

會議一結束，我就馬上打給你。

출근을 하는 대로 회의실로 가 보세요.

請你一到辦公室上班，就先去會議室。

韓國的勞動基準法有何規定？ 16

　세계에서 가장 일을 많이 하는 나라로 손꼽히던 한국에서 야근과 초과근무가 사라지기 시작한 건 얼마되지 않았다. 아직까지는 기업마다 사정이 있으니 법으로 일괄 적용하기보다 노사합의로 노동 시간을 유연하게 운영하자는 재계 목소리도 존재한다. 근로자들은 원칙적으로 초과근무가 금지된 근무환경에서 불필요한 야근을 더 이상 눈치보며 하지 않아도 된다.

　현재 법정근로시간은 1일 8시간, 1주 40시간이고, 연장근로는 일주일 12시간을 초과하지 못한다. 법정근로시간 이외의 초과근무는 노사합의를 통해 연장근무가 가능하다. 일주일 법정근로시간 40시간과 연장가능 시간 12시간을 합산하면 52시간이 되는데, 이게 바로 연장근로시간을 주 단위로 강제한 한국의 주요 근로기준법〈52시간 근무제〉이다. 연

　在過去曾獲評為全球工時最長的國家——韓國，加班和超時工作才剛消失沒有多久。目前仍然存在著經營界的意見，認為每家企業都有各自的情況，所以與其一概適用法律，不如透過勞資協議，有彈性地管理勞動時間。至於勞工方面，則是因為原則上禁止超時工作的工作環境，可以不用再看人臉色加班了。

　目前的法定工作時間是 1 天 8 小時、1 週 40 小時，而且每週加班不得超過 12 小時。在法定工作時間以外的超時工作，可以透過勞資協議加班。把一週的法定工時 40 小時，和可加班工時 12 小時相加起來，一共有 52 個小時，這就是以一週為

장근로 시간을 법적으로 규제하고 있어 결국 아무리 야근과 초과근무를 해도 1주일에 일할 수 있는 근로시간이 52시간으로 제한되는 것이다. 2018년 7월 1일 대기업(300인 이상)부터 순차적으로 적용돼 2021년 7월 1일에는 5인 이하 사업장을 제외한 모든 사업장에 도입됐다. 일반적인 근무시간은 오전 9시 출근/점심식사 [오후 12시~오후 1시]/오후 6시까지로 총 일일 근로시간이 8시간이 된다. 1일 8시간을 넘어도 연장근로고, 1주 40시간을 넘는 것도 연장근로다. 연장근무 시 별도의 수당을 받게 되는데 통상임금의 1.5배이다. 연장근무를 하지 않아도 야간(오후 10시~오전 6시)과 휴일 근무시에는 마찬가지로 주중 낮 근무보다 많은 각각 50% 가산된 임금을 받는다.

1주일 15시간 일한 근로자에게 1주일에 평균 1회 이상의 유급휴일을 주어야 한다. 유급 휴일에 받게 되는 것을 '주휴수당'이라고 한다. 2023년 국가에서 정한 최저임금 수준은 시급 9,620원이지만 계속 근무 형태의 월급으로 계산하면 주휴수당이 포함되어 2,010,580원이 된다. 사실상 고용주 입장에서 최저시급은 11,544원이 되는 것이다.

單位，強制規定加班工時的韓國主要的勞動基準法〈52 小時工作制〉。因為用法律規定了加班工時，到頭來就算再怎麼加班或超時工作，每週可以工作的工時，也被限制在 52 小時。自 2018 年 7 月 1 日起，從大企業（300 人以上）開始依序適用，然後在 2021 年 7 月 1 日，導入了 5 人以下除外的所有工作場所。一般的工作時間是上午 9 點上班／午餐（下午 12 點 ~ 下午 1 點）／到下午 6 點，一天的總工時是 8 小時。1 天超過 8 小時也算加班，1 週超過 40 小時也算加班。加班時，將會領到額外的津貼，那是一般工資的 1.5 倍。就算不加班，夜間（下午 10 點至上午 6 點）與假日工作時，領到的工資也各自是平日白天的工作加上 50%。

對於 1 週工作 15 小時的勞工，必須給予 1 週平均有 1 次以上的有薪假。在有薪假領到的東西，稱為「週休津貼」。國家訂定 2023 年的最低薪資水準將是 9,620 韓幣，不過，如果換算成持續工作型態的月薪，包含週休津貼在內，一共是 2,010,580 韓幣。實際上，對雇主來說，最低薪資成了 11,544 韓幣。

單字

- **일괄** (一括)：一概、整批
- **유연** (柔軟) **하다**：柔軟的、有彈性的
- **법정** (法定)：法定
- **초과** (超過) **하다**：超過、超額
- **합산** (合算) **하다**：合計、總共

- **순차적** (順次的)：依序、按照順序
- **사업장** (事業場)：工作場所、營業場所
- **별도** (別途)：額外、另外、單獨
- **수당** (手當)：津貼、補助
- **통상임금** (通常賃金)：一般工資

09 출장 가기
出差

A : 과장 課長／B : 민수 民秀

A 민수 씨 , 출장 준비 잘하고 있습니까 ?

B 화장품 박람회 말씀이십니까 ? 지금 출장 계획서를 작성하는 중입니다 .

A 네 . 원래 이번 출장에 김 대리가 동행하기로 했는데 일정상 함께 갈 수 없게 됐어요 . 민수 씨가 현지에서 스스로 처리해야 할 일이 많으니까 문제가 생기지 않도록 철저히 준비하세요 .

B 네 . 과장님 . 박람회 참가 업체 기념품 수량은 현지 도착 후에 확인하면 될까요 ? 아니면 타이베이 지사에 수량 체크를 요청하는 게 좋습니까 ?

A 지사에 미리 수량을 체크하도록 요청하세요 . 이번에 화장품 박람회에 참가하는 업체가 몇 군데라고 했지요 ?

B 박람회 주체 측에 의하면 150 개 업체에서 참가 신청을 했다고 합니다 .

A 그렇군요 . 이번 박람회 규모가 작지 않지 않으니까 특별히 신경 써서 준비하도록 하세요 . 비행기 표하고 숙소는 예약했습니까 ?

B 네 . 비행기 표는 예매했고 , 이동거리를 고려해서 숙소는 전시회장 근처로 예약했습니다 .

A 그리고 경비 예산과 관련된 사항은 회계부 결재가 있어야 합니다 . 그 부분도 잊지 말고 체크하세요 .

B 네 . 과장님 알겠습니다 . 자세히 알려주셔서 감사합니다 .

A : 民秀先生，出差準備得還好嗎？

B 您說的是化妝品博覽會嗎？我正在寫出差企劃書。

A 對，這次出差本來有金代理陪同，但因為行程關係，他沒辦法一起去了。你在當地需要自己處理很多事情，請你徹底做足準備，以免發生問題。

B 好的，課長。博覽會參加業者的紀念品數量，可以到當地再清點嗎？還是要請台北分公司清點數量比較好呢？

A 你請分公司事先清點數量吧。你說這次參加化妝品博覽會的業者有幾間？

B 博覽會主辦方說有 150 間業者報名參加。

A 這樣啊，這次博覽會規模不小，你要特別用心準備喔。機票跟住宿都預訂好了嗎？

B 是的，機票已經訂好了，因為考量到移動距離，住宿訂了展場附近的。

A 還有，經費預算的相關事項，必須獲得會計部核准，別忘了也要確認那個部分喔。

B 好的，課長，我知道了，謝謝您詳細地告訴我。

單字

- **박람회** (博覽會)：博覽會
- **일정상** (日程上)：行程上、因為行程關係
- **동행** (同行) **하다**：陪同、同行
- **주체 측** (主體側)：主辦方
- **결재** (決裁)：核准
- **체크** (check) **하다**：確認

句型與表達

- **V(으)ㄹ 수 없게 됐다 變得無法V**

在本來預定的事情因為外部因素或緣由，變得不可能發生的時候使用。

例：

태풍으로 인해 행사를 진행할 수 없게 됐습니다.

因為颱風的關係，活動無法進行了。

감기가 심해서 내일 약속을 지킬 수 없게 됐습니다.

因為感冒嚴重，沒辦法赴明天約了。

- **N와/과 관련되다 與N相關、關於N**

在表示與前面的名詞有關聯的時候使用。

例：

00 여행사는 홍콩 여행과 관련된 상품을 소개해 드립니다.

00 旅行社為您介紹與香港旅遊相關的商品。

A/S 와 관련된 질문이 있습니다.

我有關於售後服務的問題。

出差要注意的事項 18

출장이란 회사를 대표하여 직무를 수행하기 위한 목적이 있는 여행이다. 출발 전 일정표 작성, 업무 수행에 필요한 서류준비, 시장조사, 거래처방문, 복귀 후 출장보고서 작성까지가 출장 업무다. 혼자 출장을 떠나는 것이 아니라면 함께 동반하는 상사, 동료들과 함께 모든 내용을 공유해야 한다. 출장지 숙소, 업무진행, 업무성과 등 출장 중 모든 내용은 회사에 보고할 수 있도록 준비한다. 출장 중간에 회사에 보고를 통해 상황을 공유하는 게 중요하다. 현장 상황에 따라 신속하게 대처해야 할 경우 전화나 문자로 보고할 수 있어야 한다. 출장이 끝나면 약식으로 보고한 후 정해진 양식에 맞춰 지출된 경비를 포함해 정식 보고서를 작성한다. 기본적으로 들어갈 내용은 일정, 협의내용, 계획 등이다. 출장에서

所謂的出差，是一趟以代表公司執行職務為目的的旅行。出發前撰寫行程表、準備執行工作所需的文件、市場調查、拜訪客戶、返回崗位後撰寫出差報告書，都是出差的工作。如果不是獨自去出差，就要和同行的上司、同事共享所有內容。出差地點的住處、工作進度、工作成果等出差途中的一切內容，都要準備好向公司報告。在出差途中，透過回報和公司共享情況是很重要的。如果因應現場情況，需要迅速做出處理時，應該採用電話或文字方式回報。出差回來，簡單進行報告後，要按照既定格式，撰寫包含支出經費在內的正式報告書。基本上，要填入的內容有行

중요한 건 빠른 상황보고와 사진 촬영이다. 시간대별로 출장 성과를 검증하긴 어렵지만 '회의장면', 거래처 '회사사진', '시장조사 장면' 등 출장목적에 맞는 결과물로 사진만 한 게 없다. 출장에서 사진촬영은 많은 정보를 시각적으로 압축하여 표현한 것이니 소홀히 할 수 없다.

　해외출장을 준비하기에 앞서 여권과 비자를 확인해야 한다. 특히 여권의 경우 유효 기간 만료일 체크가 중요한데 6개월 미만으로 유효기간 만료가 임박한 경우 출입국이 거부될 수 있으니 주의해야 한다. 출국 당일 여권을 챙기지 못했다면 인천국제공항 '외교부 영사민원서비스' 를 이용해 긴급여권을 발급받을 수 있지만 사전에 체크하는 게 좋다. 국제면허증을 발급 받아 필요시 사용할 수 있도록 준비하고, 해당 국가가 주로 사용하는 택시어플(우버 등)도 미리 설치한다. 비상연락처를 프린트해서 별도로 보관하는 게 좋다. 해외에서 발생할 수 있는 분실 및 도난 등 다양한 상황에 민첩하게 대응하기 위해서 여권사본 및 중요서류는 스캔파일 형태로 별도 보관하면 좋다. 법인카드를 준비하지만, 비상시를 대비하여 개인 신용카드를 지참하고, 일정 금액을 따로 환전해 두는 것이 좋다. 재킷은 최대한 구겨지지 않게 접어 가져가고, 도착 시 살짝 물을 뿌려 옷걸이에 걸어 놓으면 주름이 덜 간다.

程、協議內容、計劃等等。出差的重點是迅速回報情況和拍照。雖然很難依照時段檢驗出差的成果，但是相片最適合用來呈現「會議畫面」、客戶的「公司照片」、「市場調查畫面」等等，與出差目的相符的結果。在出差拍照，可以在視覺上壓縮並呈現出許多資訊，所以不可以疏於拍照。

　準備到國外出差時，應該要確認好護照和簽證。尤其是護照，確認是否超過有效期限是很重要的，如果有效期限未滿6個月，即將過期時，出入境可能會遭到拒絕，所以一定要注意。萬一出國當天沒帶到護照，可以利用仁川國際機場的「外交部領事民願服務」補發緊急護照，不過最好還是要事先確認過。要申辦國際駕照，以備不時之需，也要事先安裝該國主要使用的叫車App（如Uber）。最好印出緊急聯絡方式，另外保管。為了靈敏地應對可能在國外發生的遺失、遭竊等各種情況，護照影本和重要資料最好都要用掃描檔的型態另外保管。雖然要準備法人信用卡，也需要攜帶個人信用卡跟換好一定金額的外幣，以防萬一。西裝外套盡量摺得平整再帶去，抵達以後，輕輕噴一點水，再掛到衣架上，皺摺就會減少。

單字

- **수행** (遂行) **하다**：執行、實行
- **시장조사** (市場調查)：市場調查
- **검증** (檢證) **하다**：檢驗
- **압축** (壓縮) **하다**：壓縮
- **소홀** (疏忽) **히**：疏於、疏忽、放鬆
- **임박** (臨迫) **하다**：鄰近、迫近、接近
- **택시어플** (taxi application)：叫車App（어플為앱 的非標準語）
- **프린트** (print) **하다**：印出、印刷
- **뿌리다**：噴、灑
- **주름**：皺摺、皺紋

10 해외 파견 근무 지원하기
申請到海外工作

對話 19

A：박 과장 朴課長／B：아정 雅婷

A 아정 씨, 이번에 대만 지사 주재원 신청할 계획인가요? 그동안 실적도 좋으니까 한번 지원해 보는 게 어때요?

B 김 대리가 신청해 보라고 조언하긴 했는데 경쟁률이 치열하다는 말이 많아서 고민 중이에요.

A 아무래도 해외 지사 근무를 원하는 직원들이 많기 때문에 경쟁률이 높을 거예요. 그래도 아정 씨는 대만 상황에 대한 이해도 있고, 한국 본사에서 근무하면서 평가도 좋은 편이니까 지원해 볼 만합니다.

B 과장님, 만약 해외 지사 주재원으로 발령을 받으면 보통 몇 년동안 그쪽에서 근무를 합니까?

A 일반적으로 기본 1년 정도 파견 근무를 하는데, 경우에 따라서는 장기 근무를 하기도 합니다. 홍콩 지사에 나가 있는 주재원은 벌써 5년이 넘었거든요.

B 홍콩 지사 곽 주임 말씀하시는 거지요? 어쩐지 상황 판단도 정확하고 위기 대처 능력도 좋으시더라고요. 과장님, 해외 지사로 발령을 받으면 다른 업무를 하는 겁니까?

A 한국 본사 지원 업무를 위주로 하고, 국내 바이어 담당 요청을 처리하기도 합니다. 매달 현지 상황 관련해서 보고서 작성을 해야 합니다. 아정 씨 실력이면 충분히 할 수 있는 업무들이니까 걱정하지 마세요.

B 네, 과장님. 그럼 준비해서 지원해 보도록 하겠습니다. 감사합니다.

A 雅婷小姐，妳這次打算申請台灣分公司的外派人員嗎？妳的績效一向很好，要不要報名看看？

B 金代理建議我報名看看，可是很多人都說競爭激烈，所以我還在思考。

A 我想，競爭激烈是因為很多員工都想到海外分公司工作。但是妳瞭解台灣的情況，在韓國總公司工作的評價也滿好的，值得報名看看。

B 課長，萬一被調到海外分公司當外派人員，通常會在那裡工作幾年？

A 一般來說，基本上是進行 1 年左右的派遣工作，但是根據情況不同，也有人是長期外派的。派駐到香港分公司的外派人員，已經待 5 年多了。

B 您說的是香港分公司的郭主任嗎？難怪我覺得他判斷情況準確，危機處理能力也很好。課長，如果被調到海外分公司，會改做其他工作嗎？

A 以支援韓國總公司的工作為主，也要負責處理國內採購的要求，還要每個月撰寫關於當地情況的報告。憑著妳的實力，應該完全可以勝任那些工作，所以妳別擔心。

B 好的，課長，那我會準備報名看看，謝謝您。

- **주재원** (駐在員)：外派人員
- **경쟁률이 치열하다**：競爭激烈
- **해외 지사** (海外支社)：海外分公司
- **파견** (派遣)：派遣
- **장기 근무** (長期勤務)：長期工作

- **V(으)라고 조언하다 建議V**

把別人給自己的建議內容或意見，轉述給另一個人聽的時候使用。

例：

의사가 건강을 위해 운동을 하라고 조언했다.

醫生建議我為了健康，要去運動。

선생님께서 TOPIK 6급에 도전하라고 조언해 주셨어.

老師建議我挑戰看看 TOPIK 6 級。

- **V(으)ㄹ만 하다 值得V**

在前句的動作有做的價值，或是推薦前句動作的時候使用。

例：

그 식당은 분위기가 좋아서 손님을 모시고 가 볼만 합니다.

這間餐廳的氣氛很好，值得帶客人去。

A: 지영 씨, 요즘 볼 만한 영화 있어요?

B: '여행의 도시'가 재미있었어요. 볼 만할 거예요.

A：智英小姐，最近有值得看的電影嗎？

B：「旅行的城市」很好看，應該值得看。

在韓國升職容易嗎？ 20

한국의 승진문화는 기업의 조직문화마다 다른 모습을 보이고 있다. 전통적인 한국의 기업문화는 수직적이고 계층적이다. 기업마다 다르지만 대체적인 직위체계는 '인턴→사원→주임→대리→과장→차장→부장' 등이다. 인턴부터 대리까지는 실무자, 과장부터 부장까지는 중간관리자로 나뉜다. 임원은 '이사→상무→전무→부사장→사장' 이다. 자연스럽게 근속년수에 따라 직위와 직급, 연공서열적 보상이 이뤄졌다. 어느 정도 근속년수에 따라 승진이 연동되어 있던 시절에는 조직의 지속가능한 성과에 높은 의미를 뒀다. 사원에서 대리로 승진하는데 약 3~4년이 소요되고, 대리에서 과장도 4~5년/과장에서 차장까지 2~3년/차장에서 부장까지 2~3년 정도 소요된다. 하지만 최근에는 기업문화가 수평적

韓國的升遷文化依照各企業的組織文化，呈現出不同面貌。傳統的韓國企業文化垂直且分有層級，雖然每間企業不同，但大致上的職位體系是「實習生→職員→主任→代理→課長→次長→部長」等。從實習生到代理，被分為實務工作者，從課長到部長，則被分為中間管理者，而幹部是「董事→常務→專務→副社長→社長」。自然而然地根據年資，形成職位、職階，以及論資排輩的獎勵。升遷在一定程度上隨著年資連動的時期，曾對於組織的可持續成果賦予高度意義。職員晉升為代理，大約需要 3~4 年的時間，代理晉升為課長需要 4~5 年，課長晉升為次長需要 2~3 年，

이고 역할 중심으로 새롭게 변화되고 있다. 역량과 성과, 전문성에 따라 보상 체계가 이뤄진다. 혁신이라는 이름으로 직위단계를 축소 또는 생략하는 기업들도 많다. 당연히 사원부터 부장까지 이뤄지던 승진의 개념도 사라지는 것이다. 직위 중심의 서열문화가 뚜렷하게 드러났던 과거의 비해 획일적으로 정할 수 없는 직위, 호칭체계, 연봉테이블 등 각 기업별 조직문화, 조직구성원, CEO의 의지 등에 따라 다르다. 직위를 없애고, 성과에 적절한 보상을 하며, 조직원이 최대의 역량을 발휘할 수 있도록 조직문화를 개선하는 과도기라 할 수 있다. 많은 시도가 이뤄지고 있지만 현실적인 대다수의 기업들은 아직도 일반적인 직위체계로 운영된다.

대기업은 연말이면 한 해의 경영 성과에 따라 전 직원에게 '연말보너스' 를 지급한다. 연말보너스 금액은 지급액총액을 기준으로 100%~1,000%까지 다양하다. 같은 회사라도 사업부서에 따라 경영 실적이 달라지고 차등 지급한다. 2021년 기준 삼성전자 임직원 평균 연봉은 1억4400만 원이다. 특별보너스를 포함한 다양한 실적 장려금, 격려금까지 합산하게 되면 보너스만으로 1년 치 연봉에 가까운 금액을 받게 되는 사례도 있다.

次長晉升為部長需要 2~3 年左右。不過，最近的企業文化正朝著水平、以角色為基礎的方向變化，獎勵制度變成根據能力、成果與專業度而定。也有很多企業在名為革新的名義下，縮減或省略了職位階級。當然，由職員到部長所組成的晉升概念也消失了。相較於以職位為基礎的位階文化清晰呈現的過去，無法一概論定的職位、稱謂體系、年薪級距表等等，如今都依各企業的組織文化、組織成員與 CEO 的態度等等而異，可以說是取消職位、給予合乎成果的獎勵，並改善組織文化，促使組織成員發揮最大能力的過渡期。雖然正在進行許多種嘗試，但現實的大多數企業，仍使用一般的職位體系進行管理。

大企業每到年底，就會根據一年的經營成果，發放「年終獎金」給全體員工。年終獎金的金額，以支付總額為基準，有 100% 到 1000%，非常多種。即使是同一間公司，經營績效也會隨事業部門不同，而分等級發放。以 2021 年為準，三星電子任職員工的平均年薪是 1 億 4400 萬韓幣。如果把包含特別加給的績效獎金、鼓勵金合算起來，只憑額外獎金，就領到將近一整年年薪金額的例子也是存在的。

單字

- **직위체계** (職位體系)：職位體系
- **임원** (任員)：幹部
- **근속년수** (勤續年數)：年資
- **연공서열** (年功序列)：論資排輩
- **수평적** (水平的)：水平的

- **축소** (縮小)：縮減
- **뚜렷하다**：清晰、清楚的
- **획일적** (劃一的)：統一、一致、整齊劃一的
- **연봉테이블** (年俸+table)：年薪級距表
- **실적** (實績)：績效

11 이메일 쓰기
撰寫 email

발신자 : 영업마케팅부 김동식 과장
수신자 : 영업마케팅부 이나나 사원
제목 : 2022 년 7 월 7 월 마케팅 관련 회의록 자료 보완 요청
이나나 씨 , 보내 준 회의록과 업무 보고서 잘 받았습니다 . 다만 논의됐던 내용인데 회의록에 다음의 자료가 누락되었으니 보완해서 제출해 주십시오 .

1) 마케팅 판매 촉진 전략
2) 마케팅 벤치마킹 업체 조사 결과

바쁘겠지만 금일 오후 5 시 전까지 보내주기 바랍니다 . 또한 앞으로는 회의록과 업무 보고서를 작성 후 따로 발송하도록 하세요 . 수고했습니다 .
김동식 과장

寄件人 : 業務行銷部金東植課長
收件人 : 業務行銷部李娜娜職員
標題 : 請補齊 2022 年 7 月 7 日行銷會議紀錄的資料
李娜娜小姐，我已經順利收到妳寄的會議紀錄和工作報告書了，不過，會議紀錄當中漏掉了以下討論過的內容，請妳補齊再交給我。

1) 行銷促進銷售策略
2) 行銷標竿業者調查結果

妳應該很忙，但還是希望妳在今天 5 點前寄給我。還有，以後寫完會議紀錄跟工作報告書之後，請妳分開寄給我，辛苦了。

金東植課長

발신자 : 영업마케팅부 이나나 사원
수신자 : 영업마케팅부 김동식 과장
Re: 2022 년 7 월 7 월 마케팅 관련 회의 자료 보완 요청
김동식 과장님 , 2022 년 7 월 7 일 회의록 수정버전을 첨부 파일로 송부하오니 확인 부탁드립니다 . 다음부터 업무보고서와 회의록 이메일은 별도로 작성해 제출하겠습니다 . 죄송합니다 .
첨부파일 : 2022 년 7 월 7 월 마케팅 회의록 [수정버전]
이나나 사원 올림

寄件人 : 業務行銷部李娜娜職員
收件人 : 業務行銷部金東植課長
Re : 請補齊 2022 年 7 月 7 日行銷會議紀錄的資料
金東植課長，附檔是 2022 年 7 月 7 日行銷會議紀錄的修正版資料，煩請您確認。以後工作報告書和會議紀錄的信件，我會分開撰寫和寄出，對不起。
附件檔案 : 2022 年 7 月 7 日行銷會議紀錄（修正版）

李娜娜職員敬上

單字

· **발신자** (發信者) : 寄件人
· **수신자** (受信者) : 收件人
· **송부** (送付) **하다** : 寄送
· **촉진 전략** (促進戰略) : 推進策略
· **벤치마킹** (Benchmarking) : 標竿、基準化分析

句型與表達

· **A/V오니 A/V , 請～**
請別人做某件事的時候，用來說明根據或原因。這是非常恭敬的說法，日常生活中不常用，主要用在會議或報告等正式情境。在日常生活中，可以使用「[으]니」代替。
例 :
잠시 후 회의를 다시 진행할 예정이오니 착석해 주십시오.
會議預計在稍後繼續進行，請入座。
기상 악화로 비행기 이륙이 지연되오니 양해해 주시기 바랍니다.
由於天氣惡化，飛機起飛延遲，請見諒。

撰寫電子郵件的注意事項 22

직장에서 대부분의 업무가 메일을 주고 받으면서 이뤄지기에 이메일은 중요한 커뮤니케이션 도구이다. 업무 관련 내용의 전달이 많기 때문에 기본적으로 알아야 할 이메일 작성법이 있다.

첫 번째는 이메일 제목이다. 이메일 제목은 한 번에 용건을 파악할 수 있게 최대한 간결하게 작성한다. 제목은 이메

在職場上，大部分的工作都透過郵件往返完成，所以電子郵件是重要的溝通工具。因為有許多工作相關的內容要傳達，有些電子郵件的寫法，基本上是一定要知道的。

第一點是電子郵件的主旨。電子郵件的主旨，必須盡量寫得精簡，讓人可以一

일을 보낼 때 가장 신경 써야 할 부분이다. 관련 키워드를 제목에 표시하면 좋다. 이메일을 보내는 목적에 대해 말머리[대괄호]를 사용해 명확하게 작성한다. [중요], [회신요망], [단순참고], [요청사항], [답변요청] 등 구체적인 요청사항을 작성하여 이메일의 요지가 무엇인지 단번에 파악할 수 있도록 해야 한다.

〈인사〉표정을 확인할 수 없으니 좋은 첫 인상을 위해 간단한 인사말이 필요하다. "안녕하세요. 00소속, 000이름, 00직위 입니다." 를 언급하면 충분하다. 한 눈에 파악할 수 있도록 장황하지 않게 적는다.

〈내용 작성〉결론부터 간결하게 작성하고, 목적, 본문, 요청사항, 맺음말, 첨부파일 등 5개 부분으로 나누어 쓴다. 첨부파일의 내용을 본문에 요약하여 입력한다. 같은 의미의 문장이 반복적으로 쓰이지 않아야 한다. 파일을 첨부하지 않고 이메일을 보내는 경우가 있으니 다시 한번 확인하는 습관이 필요하다.

〈하단〉업무용 이메일 작성에는 서명을 추가하여 전달해야 한다. 답장을 받을 메일, 연락처, 담당부서, 소속, 주소 등을 기재한다. 명함을 스캔하여 사용하기도 한다. 메일 발송 시 〈참조〉기능을 활용하여 관련 내용을 알아야 할 모든 사람에게 함께 일괄 발송한다. 수신자 이외에도 업무 협조를 보내거나 진행 상황을 파악하기 위해 메일을 공유할 수 있는 팁이다. 〈숨은 참조〉기능은 비밀참조라고도 하며 참조 수신자로 누가 포함되었는지 상대방은 알지 못한다. 메일을 받긴 하지만 보내는 메일에 표시되지 않아 유용하게 사용된다. 대부분 직장에서는 개인용 이메일과 업무용 이메일을 분리하고 사내 이메일, 네트워크, 메신저만 사용한다. 이메일 계정에서 자료 유출 등의 이유로 외부 메일을 차단하는 기업이 많다. 한국 사람들이 일반적으로 많이 사용하는 이메일 서비스는 네이버, 다음, 구글 등이 있다.

眼掌握要旨。主旨是寄出電子郵件時，最需要留意的部分，最好要用相關的關鍵字凸顯出來。寄出電子郵件的目的，要使用主題 [大括號] 標明，寫出 [重要]、[期待您的回信]、[純參考用]、[要求事項]、[請回覆] 等具體的要求事項，可以一下子就掌握電子郵件的重點，提高工作效率。

〈問候語〉因為看不到表情，為了留下良好的第一印象，需要簡單的問候語。提到「您好，我是 00 單位 000 名字 00 職位。」就夠了，要寫得簡略一點，讓人能夠一目瞭然。

〈內文撰寫〉簡潔有力地從結論開始寫起，可分為目的、本文、要求事項、結語與附檔 5 個項目。要把附檔的內容進行摘要，打在本文裡面。不能反覆提到同樣意思的句子。因為有些時候還沒夾帶附檔，就把電子郵件寄出去了，需要養成再次確認的習慣。

〈信末〉撰寫工作用的電子郵件，一定要加上簽名檔再寄出，要寫上用來接收回信的郵件、聯絡方式、負責部門、所屬單位、地址等，也有人會掃描名片使用。寄出郵件時，請善用〈副本〉功能，一併發送給需要知悉相關內容的所有人。這是為了讓收件人以外的人能協助工作或掌握進度，能夠共享電子郵件的小撇步。〈密件副本〉功能又被稱為祕密副本，對方無法知道密件副本的收件人包含了誰。對方的確會收到電子郵件，卻不會顯示在寄出的郵件上，此功能能派上用場。在大部分的職場，都會區隔私人電子郵件和工作用的電子郵件，只使用公司內部電子郵件、網路與通訊軟體。因為從電子郵件帳號所造成的資料外流等原因，許多企業都會封鎖外部郵件。韓國人常用的一般電子郵件服務，有 Naver、Daum、Google 等等。

單字

- **커뮤니케이션**（communication）：溝通、交流
- **노출**（露出）**하다**：凸顯、暴露、公開
- **맺음말**：結語
- **기재**（記載）**하다**：寫上、填入、登記
- **스캔**（scan）**하다**：掃描
- **팁**（tip）：小撇步、小技巧

12 송년회에 참석하기

參加送年會

對話 🔊 23

A：박소영 차장 朴紹英次長／
B：이종선 사원 李宗善職員／
C：곽민호 주임 郭敏豪主任

A 여러분 , 올 한 해도 고생 많았습니다 . 여러분들이 열심히 노력해 준 덕분에 저희 부서가 작년에 이어 좋은 성과를 거뒀습니다 . 그런 의미로 사장님께서 송년모임을 하라고 포상금을 주셨습니다 . 부담 갖지 말고 편하게 즐기시기 바랍니다 .

B 곽 주임님 , 올해도 고생 많으셨습니다 . 제가 입사 첫 해라서 미숙한 점이 많았는데 곽 주임님 덕분에 큰 문제 없이 지냈습니다 .

C 아닙니다 . 저야말로 사수로서 부족한 점이 많았지요 . 수고했어요 .

B 참 , 주임님 , 매년 이런 파티룸에서 송년모임을 하나요 ?

C 아니요 . 작년까지는 호텔 연회장에서 전 직원이 모여서 송년모임을 했는데 , 올해부터는 부서별로 하기로 했어요 . 그래서 작년과 달리 프라이빗 파티룸에서 하게 됐지요 . 작년까지는 전 직원이 모여서 했기 때문에 게임이나 장기 자랑을 준비하기도 했었어요 .

B 아 그래요 ? 저는 이런 분위기도 참 좋은 것 같아요 . 장기 자랑은 ... 좀 부담스럽기도 하고요 .

C 종선 씨 , 저는 노래를 못 들어서 아쉬운데요 ? 하하하

A 各位，今年一年也辛苦了，多虧各位認真努力，我們部門才能接續去年，也收穫好的成果。為了慰勞大家，老闆給了獎金要我們辦送年會，希望大家不要有壓力，放輕鬆享受。

B 郭主任，今年也辛苦您了。這是我進公司的第一年，所以還有很多不熟練的地方，都是多虧了郭主任，才能安然度過。

C 別這麼說，我身為一個主管，也有很多不足之處，辛苦你了。

B 對了，主任，每年都是在這種派對場地舉辦送年會的嗎？

C 不是，直到去年，還是全體員工聚在飯店的宴會廳舉辦送年會，是從今年開始，才改成各部門自己吃的，所以才跟去年不一樣，改在私人派對場地吃。在去年以前，因為是全體員工聚在一起參加，還會準備遊戲或才藝表演呢。

B 哦，這樣啊？我覺得這種氣氛好像也很棒，才藝表演……讓人有點壓力。

C 宗善先生，我倒是覺得沒聽到你唱歌，很可惜呢，哈哈哈。

- **포상금** (褒賞金)：獎金、獎勵金
- **파티룸** (party room)：派對場地
- **연회장** (宴會場)：宴會廳
- **장기** (長技) **자랑**：才藝表演
- **미숙** (未熟) **하다**：不成熟的、不熟練的

- **N와/과 달리/다르게 有別於N、和N不同**

和前面的事實存在差別時使用。

例：

대만과 달리 한국은 날씨가 건조하다. 有別於台灣，韓國的天氣很乾燥。

예전과 달리 요즘은 운동이 좋아졌다. 有別於以前，最近變得喜歡運動了。

- **N 덕분에/ V(으)ㄴ 덕분에 多虧N/多虧V**

因為某種幫助，而獲得正面結果時使用。

例：

선생님 덕분에 시험에 합격했습니다. 多虧老師，我的考試及格了。

모두 열심히 노력한 덕분에 실적이 좋았습니다.

多虧各位認真努力，業績很好。

韓國休假制度與各大節日 24

가장 기본이 되는 휴가제도는 '연차유급휴가' 가 있다. 상시 근로자수 5인 이상 사업장의 근로자는 1년간 80% 이상 출근한 경우 15일의 유급휴가가 주어진다. 입사한 지 1년 미만인 경우 1개월 개근 시 1일의 유급휴가가 있고, 근로기간 3년 이상일 경우 기본 15일에 2년마다 1일씩 추가하여 최대 25일 유급휴가가 주어진다. '연차유급휴가' 는 1년 동안 사용하지 않으면 자동으로 소멸되지만, 이 경우 연차수당으로 보상받을 수 있다. 하루 평균임금에 남은 유급휴가 연차 일수를 곱해 계산한다. 세부적인 내용은 각 회사 규정에 따라 다를 수 있다.

한국의 법정 공휴일은 국경일 중 3·1절, 광복절, 개천절, 한글날, 1월 1일, 설·추석 연휴 3일, 석가탄신일, 어린이날, 현충일, 성탄절, 공직선거법 상 선거일이다.

공휴일이 주말과 겹치게 되면 연휴가 짧아지게 되는데 대체공휴일을 지정하여 연휴 기간을 하루 늘려준다. 대체공휴일은 '설', '추석', '어린이날' 그리고 '3·1절', '광복절', '개

最基本的休假制度是「年度有薪假」。平時在擁有 5 名以上勞工的工作場所工作的勞工，1 年的出席率為 80% 以上時，將獲得 15 天的有薪假。到職未滿 1 年時，1 個月全勤就有 1 天的有薪假，而工作期間達 3 年以上時，除了基本的 15 天以外，每 2 年新增 1 天假，最多有 25 天的有薪假。「年度有薪假」如果 1 年內沒有用掉，就會自動消失，但在這種情況下，可以換成年度津貼領取報酬，這是用 1 天的平均工資乘上剩餘的年度有薪假天數計算出來的，詳細內容可能依各公司規定而異。

韓國的法定假日，是國慶日當中的 31 節、光復節、開天節、韓文節，以及 1 月 1 日、春節與中秋連假各 3 天、釋迦誕辰日、兒童節、顯忠日、聖誕節與公職選舉法規定的選舉日。

要是法定假日適逢週末，連假就會變

천절', '한글날' 에만 적용된다. 대체공휴일이 적용되는 공휴일이 토, 일과 겹칠 경우(설날과 추석은 일요일과 겹칠 경우) 첫 번째 비공휴일을 공휴일로 운영한다. 공직선거법 상 선거일은 대통령선거, 국회의원선거, 지방의회의원선거, 지방자치단체의장선거로 전국 단위의 투표이다. 그외에도 법적 유급휴일로 근로자의 날 매년 5월 1일과 주휴일이 있다. 주휴일은 1주일간 소정의 근로시간을 충족한 근로자에게 1주 평균 1회 이상 유급으로 부여하는 휴일이다. 일반적으로 일요일이 유급주휴일인 경우가 많다.

연말이 되면 한 해의 마지막 무렵을 나누기 위해 한 해를 잘 보낸 것을 축하하고 다음 해에도 잘하자는 의미로 송년회(망년회)를 개최한다. 송년회는 아쉬움을 나뉘기 위해 갖는 모임의 성격이고, 망년회는 한 해 동안 온갖 괴로움을 잊어버리자는 의미의 성격이다. 서로 통용되어 사용되고 있지만, 정확한 표현은 송년모임이 맞다.

短，但是會指定補假日，讓連假期間增加一天。補假日僅適用於「春節」、「中秋」、「兒童節」還有「31 節」、「光復節」、「開天節」與「韓文節」。適用補假的法定假日適逢星期六、日時（春節與中秋則是適逢星期日時），會把第一個非法定假日當成法定假日使用。公職選舉法規定的選舉日，有總統選舉、國會議員選舉、地方議會議員選舉、地方自治團體議長選舉，這些是以全國為單位進行的投票。除此之外，法定的有薪休假日有每年 5 月 1 日的勞動節以及週休日。週休日是每 1 週都要對達到規定工時的勞工，有薪賦予每週平均 1 次以上的休假。一般來說，星期日常是有薪週休假。

到了年底，為了享受一年最後的時光，在「慶祝順利度過一年，下一年也要好好加油」的用意下舉行送年會（忘年會）。送年會的性質是為了分享不捨而舉辦聚會，忘年會的性質，則是要人忘記這一年所有煩惱的意思，雖然目前彼此通用，但正確的說法還是送年會才對。

單字

- **유급휴가** (有給休暇)：有薪假
- **상시** (常時)：平時
- **소멸** (消滅) **되다**：消失、消滅
- **공직선거** (公職選擧)：公職選舉
- **겹치다**：重疊、撞在一起

- **대체공휴일** (代替公休日)：補假
- **소정** (所定)：規定
- **충족** (充足) **하다**：充足、富足、滿足
- **무렵**：時光、時候
- **통용** (通用) **되다**：通用

面試實用句 🔊 25

自我介紹

[1] 저는 5년 전 한국 여행을 갔다 온 후 한국에 관심을 가지게 됐고 한국어까지 배우게 됐습니다.

我自從 5 年前到韓國旅遊以後,就對韓國產生了興趣,甚至學了韓文。

[2] 저는 한국 영화를 너무 좋아해서 한국어를 독학으로 공부해 TOPIK 5급에 합격했습니다.

我非常喜歡韓國電影,因此自學韓文,考過了 TOPIK5 級。

[3] 저는 1년간 한국에서 어학연수를 하고 온 경험이 있습니다.

我擁有在韓國進修語言 1 年的經歷。

應徵動機

[4] 저는 제가 배운 한국어를 사용하면서 일을 하고 싶어서 이 일을 지원하게 됐습니다.

我想要在工作時用到自己所學的韓文,因此應徵了這份工作。

[5] 한국에서 여행할 때 한국어를 모르는 대만 분이 한국 분과 소통의 어려움을 겪고 있었습니다. 그때 제가 용기를 내서 한국어 통역을 도와드렸고 그 경험을 통해 제가 할 수 있는 한국어로 사람들에게 도움을 주는 일을 해야겠다고 생각했습니다.

在韓國旅遊時,不懂韓文的台灣人和韓國人曾經遇到溝通困難,當時我鼓起了勇氣,幫忙進行韓文口譯,那次經驗讓我心想,自己一定要從事用韓文幫助他人的工作。

[6] 저는 대만에서 한국 제품 인지도가 빠르게 높아지는 것을 보면서 한국 회사의 마케팅 부서에서 일할 기회가 있다면 꼭 일해 보고 싶다고 생각했습

니다 . 대만에서도 마케팅 부서에서 3 년간 일을 했기 때문에 귀사에도 제 경험이 도움이 될 거라고 생각합니다 .

我看到韓國產品在台灣的知名度迅速上升，心想如果韓商公司的行銷部門有工作機會，那我一定要在那裡工作看看。因為我在台灣也在行銷部門工作過 3 年，認為自己的經驗也會對貴公司有幫助。

03

離職原因

[7] 이전 회사에서 개인적 성장에 한계를 느끼고 좀 더 많은 것에 도전해 보고 싶어서 회사를 옮기기로 했습니다 .

在以前的公司感受到個人成長的極限，而且想要挑戰更多事物，所以決定換一間公司。

[8] 회사 내부에서 한국어를 사용할 기회가 점점 줄어들어 한국어로 좀 더 다양한 일을 해 보고 싶어서 회사를 그만두게 되었습니다 .

能在公司內部用到韓文的機會漸漸減少，因為想要用韓文從事更多元的工作，所以就辭職了。

04

工作經驗

[9] 이전 회사에서 한국어 문서를 중국어로 번역하는 일과 한국 본사와 대만 지사 회의에서 통역하는 일을 담당했습니다 .

我在以前的公司負責將韓文文件翻譯成中文，並在韓國總公司與台灣分公司的會議中負責口譯。

[10] 이전 회사에서 갑자기 일이 늘어 팀 전체가 힘들어할 때 제가 일 처리 방식을 조금 바꾸자고 제안했고 상사는 제 제안을 받아들여 일의 효율성을 높이고 시간을 절약할 수 있었습니다 .

在以前的公司，工作突然增加，整個團隊都感到吃力時，我提議微調處理工作的方式，而主管接受了我的提議，得以提升工作效率、節省時間。

05

個性、優點

[11] 저는 적극적인 성격으로 새로운 프로젝트가 있을 때 항상 적극적으로 참여하고 문제가 생겼을 때 적극적으로 해결 방안을 모색해 상사와 함께 팀의 발전을 이끌었습니다 .

我的個性積極，有新專案的時候，總是積極參與，在發生問題時，也會摸索解決方案，與主管一起帶動團隊的進步。

[12] 저는 차분하고 꼼꼼한 성격으로 데이터 관련 업무를 주로 담당했습니다 . 많은 데이터를 다양한 방식으로 분석하고 이를 시각화해 팀의 업무에 도움을 줄 수 있었습니다 .

我的個性沉穩而細心，以前主要負責與資料相關的工作。我曾使用各種方式分析許多資料，並將其視覺化，得以幫助團隊的工作。

06

抱負、
未來展望

[13] 제 경험과 능력이 귀사의 대만 진출에 도움이 될 거라고 확신합니다 .

我確定自己的經驗與能力能夠幫助貴公司進軍台灣。

[14] 저는 대만 사람으로서 대만을 이해하고 한국어를 배우면서 한국 사회와 문화에도 관심을 가지고 지켜봤습니다 . 이 모든 경험을 살려 대만과 한국에 좋은 서비스를 제공하는 일을 꼭 해 보고 싶습니다 .

我身為台灣人，很瞭解台灣，而且我學習韓文時，也對韓國的社會與文化產生了興趣，並持續關注。我很想結合這一切經驗，從事向台灣與韓國提供優質服務的工作。

[15] 저는 한국어를 배우면서 언어에는 다른 세계를 하나로 연결하는 힘이 있다고 느꼈습니다 . 그래서 제 중국어와 한국어 능력으로 한국과 대만 , 회사와 회사 , 부서와 부서 , 회사와 고객을 성공적으로 연결하는 데 힘이 되고 싶습니다 .

我學韓文的時候，感受到語言存在著通往另一個世界的力量，所以我想要憑著自己的中文能力和韓文能力，成為一股成功連結韓國與台灣、公司與公司、部門與部門、公司與顧客的力量。

視訊會議實用句 🔊 26

01

開場

[1] 오늘 화상 회의에 참석해 주셔서 감사합니다 .

感謝您出席今天的視訊會議。

[2] 모두 참석하신 것 같습니다 . 그럼 오늘 회의를 시작하겠습니다 .

好像所有人都出席了，那麼，就開始今天的會議了。

02

呼籲與會者

[3] 카메라를 모두 켜 주시겠습니까 ?

可以請大家開啟鏡頭嗎？

[4] 질문이 있으시면 채팅창에 먼저 질문을 남겨 주시기 바랍니다 .

如果有什麼問題，請先在聊天室留言發問。

[5] 발표자가 발표할 때 모두 음소거로 해 주시기 바랍니다 . 음소거 버튼은 화면 아래에 있습니다 .

在報告者進行報告時，請大家切換為靜音模式，靜音模式的按鍵位於螢幕下方。

03

設備問題

[6] 마이크가 꺼져 있습니다 . 마이크를 켜 주시겠습니까 ?

您的麥克風關著，可以請您開啟麥克風嗎？

[7] 죄송하지만 마이크 상태를 다시 한번 확인해 주시겠습니까 ? 소리가 안 들립니다 .

對不起，可以請您再次確認麥克風的狀態嗎？聽不到您的聲音。

[8] 주변 소음이 많이 들리는데 음소거 상태로 해 주시겠습니까 ?

週遭的噪音聽起來很大聲，可以請您切換至靜音狀態嗎？

[9] 오늘 제 인터넷 상태가 좋지 않은 것 같습니다 . 이제 제 목소리가 잘 들리십니까 ?

今天我的網路狀態好像不太好，現在能聽清楚我的聲音了嗎？

[10] 죄송합니다 . 인터넷 상태가 안 좋아서 금방 하신 이야기를 못 들었습니다 . 다시 한번 말씀해 주시겠습니까 ?

對不起，因為網路狀態不好，沒聽清楚您剛才說的話，可以請您再說一次嗎？

[11] 소리가 자주 끊겨서 들립니다 . 인터넷 상태를 확인해 주시겠습니까 ?

聲音常會斷斷續續的，可以請您確認網路的狀態嗎？

[12] 제가 공유한 PPT 자료가 잘 보이십니까 ?

看得清楚我分享的 PPT 資料嗎？

[13] 화면을 공유하셨습니까 ? 공유한 자료가 안 보입니다만 .

您已經分享畫面了嗎？沒看見您分享的資料耶。

04

會議結尾

[14] 회의록은 회의가 끝난 후에 이메일로 보내 드리도록 하겠습니다 .

會議紀錄將在會議結束後，透過電子郵件寄給您。

[15] 회의를 마치기 전에 혹시 하실 말씀이나 질문이 있으십니까 ? 없으시면 오늘 회의는 여기에서 마치도록 하겠습니다 .

在會議結束前，有沒有想說的話，或是想問的問題？如果沒有的話，今天的會議就要在此結束了。

電話實用句 🔊 27

01

電話接通、表達目的

[1] 여보세요 . 타이베이전자 수출팀의 니콜입니다 .

喂?您好,我是台北電子出口組的妮可。

[2] 안녕하십니까 ? 저는 타이타이출판사 마케팅 부서 제니입니다 . 지금 마이클 과장님과 통화할 수 있을까요 ?

您好,我是台台出版社行銷部門的珍妮,請問現在方便跟麥可課長通電話嗎?

[3] 존 팀장님 계십니까 ? 상의할 일이 있어서 전화했습니다 .

請問約翰組長在嗎?我打電話來,是因為有事情想跟他討論。

[4] 전화 달라고 하셔서 전화드렸습니다 .

我打電話來,是因為有人請我回電。

[5] 다음 주 미팅 건에 대해서 상의하려고 전화드렸습니다 .

我打電話過來,是想要討論下週的會議事宜。

[6] 제품 견적을 문의드리려고 합니다 . 담당 부서로 연결해 주시겠습니까 ?

我想要詢問產品的報價,請問可以幫我轉接到負責部門嗎?

02

幫忙轉接

[7] 누구를 바꿔 드릴까요 ?

要為您轉接給誰呢?

[8] 샘플을 받고 싶으시면 담당자를 바꿔 드리겠습니다 .

如果想要收到樣品,我為您轉接給負責人。

轉接對象不在時、幫忙傳話

[9] 죄송한데 지금 점심시간이라 식사하러 가셨습니다 . 오시면 전화드리라고 할까요 ?

不好意思，因為現在是午餐時間，他去吃飯了。等他回來以後，要請他回電給您嗎？

[10] 죄송하지만 지금 자리에 안 계시는데요 . 나중에 다시 전화 주시겠습니까 ?

對不起，他目前不在座位上，可以請您晚點再打電話過來嗎？

[11] 과장님은 지금 출장 중이십니다 . 메모 남기시겠습니까 ?

課長目前正在出差，您要留言給他嗎？

[12] 지금 통화 중입니다 . 잠시 기다리시겠습니까 ?

他正在講電話，可以請您稍等一下嗎？

[13] 전화 끊지 마시고 잠시만 기다려 주세요 .

請您先不要掛掉電話，稍等一下。

[14] 사장님은 지금 부재중이신데 제가 용건을 여쭤봐도 되겠습니까 ?

社長目前不在，我方便請教您找他有什麼事嗎？

[15] 성함과 전화번호를 알려주시겠습니까 ?

可以告訴我您的姓名和電話嗎？

[16] 지금 전화 받으시는 분 성함을 여쭤봐도 될까요 ?

可以請教現在接電話的您的姓名嗎？

[17] 성함의 스펠링이 어떻게 됩니까 ?

請問您的名字怎麼拼？

[18] 자리로 돌아오시면 연락 왔었다고 전해드리겠습니다 .

等他回來以後，我會告訴他，您有跟他聯絡。

轉接成功

[19] 오래 기다리게 해서 죄송합니다 . 지금 전화 바꿔 드리겠습니다 .

抱歉讓您久等了，我現在為您轉接。

[20] 전화 바꿨습니다 . 무엇을 도와드릴까요 ?

電話已經轉接了，請問有什麼可以為您效勞的嗎？

其他狀況

[21] 연결 상태가 안 좋은 것 같습니다 . 제가 전화 끊고 다시 걸어 보겠습니다 .

訊號好像不太好，我先掛斷電話，再重撥一次看看。

[22] 죄송합니다만 소리가 잘 안 들립니다 . 다시 한번 말씀해 주시겠습니까 ?

對不起，聽不清楚您的聲音，可以請您再說一次嗎？

[23] 소리가 너무 작은데 크게 말씀해 주실 수 있습니까 ?

聲音太小聲了，可以請您說得大聲一點嗎？

[24] 조금만 천천히 말씀해 주세요 .

請您再說得慢一點。

[25] 제게 전화해 달라고 전해주시겠습니까 ?

可以請他打電話給我嗎？

[26] 전화를 잘못 거신 것 같습니다 . 그런 사람은 저희 회사에 없습니다 .

您好像打錯電話了，我們公司沒有那個人。

通話結尾

[27] 오늘 설명 감사드립니다 . 내부 토론을 거친 후에 다시 연락드리도록 하겠습니다 .

感謝您今天的解說，我們經過內部討論以後，將會再次跟您聯絡。

[28] 그럼 오늘 통화한 내용은 이메일로 정리해서 다시 보내 드리겠습니다 .

那今天通話的內容，我會用電子郵件整理好，寄給您。

[29] 오늘 전화 주셔서 감사합니다 . 제가 확인 후에 다시 전화하겠습니다 .

感謝您今天打電話過來，我確認過後，會再回電給您。

[30] 그럼 연락 기다리겠습니다 .

那就等您聯絡了。

Email 實用句 🔊

信件開頭、
表達目的

[1] 안녕하십니까 ? 저는 타타전자 마케팅 부서 대리 Michael 입니다 .

您好，我是台台電子行銷部門的代理 Michael。

[2] 빠른 회신 감사합니다 . 보내주신 자료는 잘 받았습니다 .

感謝您迅速回信，已經順利收到您寄出的資料了。

[3] 이메일 잘 받았습니다 . 신속한 답장 감사합니다 .

已經順利收到電子郵件了，感謝您迅速回覆。

[4] 회신이 늦어져 죄송합니다 .

抱歉，回信晚了。

[5] 견적을 문의하기 위해 메일을 보냅니다 .

為了詢問報價，而寄信給您。

[6] 지난번에 말씀하신 안건에 대해서 저희 회사의 답변을 보내드립니다 .

關於您上次所說的事情，在此寄出敝公司的回覆。

[7] 저희 회사의 새로운 프로젝트를 귀사와 함께 진행하고 싶어서 이메일 을 보냅니다 .

因為想和貴公司一同進行敝公司的新專案，而寄信給您。

請對方
確認附檔

[8] 문의하신 가격표를 첨부해서 보내드렸습니다 . 가격을 확인하시고 질 문이 있으시면 알려주시기 바랍니다 .

我已經將您詢問的價目表檢附於附檔寄出了，請您確認一下價格，有問題 再告訴我。

[9] 부탁하신 자료를 첨부 파일로 보내드리니 확인해 보시기 바랍니다 . 다른 추가 요청도 있으시면 언제든지 알려주시기 바랍니다 .

您請我處理的資料已經使用附檔寄出了，還請您確認，如果還有其他的要 求，請隨時告訴我。

[10] 첨부한 새 주문서를 확인하시고 납품일을 다음 주 월요일까지 알려 주시기 바랍니다 .

請您核對一下附檔的新訂單，並在下週一以前告訴我交貨日。

[11] 불량품이 2 개 발견됐습니다 . 첨부된 불량품 사진을 확인해 보시고 새 제품을 언제 받을 수 있는지 최대한 빨리 알려주시기 바랍니다 .

我們發現了 2 個瑕疵品，請您檢視附檔的瑕疵品照片，儘快告訴我何時可以拿到新的產品。

詢問或 要求對方

[12] 지난번에 받은 가격의 MOQ 를 조금 낮출 수 있는지 문의하고 싶습니다 .

想詢問上次拿到的價格的 MOQ 能否稍微調降？（註：MOQ = 最少訂購量 (Minimum Order Quantity)）

[13] 귀사의 제품을 대만에서 판매해 보고 싶습니다 . 현재 대만에 대리상이 있습니까 ?

我們想在台灣銷售看看貴公司的產品，請問貴公司目前有台灣代理商嗎？

[14] 제품 스펙과 매뉴얼을 이번 주 안에 보내주실 수 있습니까 ?

請問您可以在這週以內，寄出產品規格與說明嗎？

[15] 견적서 내용에 오류가 있는 것 같습니다 . 다시 한번 내용을 확인해 주시겠습니까 ?

報價單的內容似乎有錯誤，可以請您再核對一次內容嗎？

[16] 지난주에 문의하신 내용에 관해 확인하고 싶은 내용이 몇 가지 있습니다 . 아래 내용을 확인해 주시겠습니까 ?

關於您上週詢問的內容，我有幾個地方想確認，可以請您確認一下以下內容嗎？

[17] 예상보다 판매량이 많아 현재 재고가 부족한 상황입니다 . 선적일을 일주일 앞당길 수 있을까요 ?

現在因為銷售量多於預期，庫存已經不夠了，請問出貨日可以提前一週嗎？

[18] 아직 결제 대금을 받지 못했습니다 . 오늘 내로 답변 부탁드립니다 .

目前尚未收到結帳的款項，麻煩您在今天之內回覆。

[19] 보내주신 대리점 계약서에 문제가 있어서 연락드립니다 . 저희가 표시한 부분을 확인해 보시고 수정 부탁드립니다 .

跟您聯絡是因為您寄來的代理商合約有問題，請您核對一下我們標示的部分，再進行修改。

[20] 지난번 문의한 사안에 대해서 아직 회신을 받지 못했습니다 . 죄송하지만 내일까지 회신을 받을 수 있을까요 ?

關於上次詢問的事情，我還沒有收到回信。對不起，請問我可以在明天以前收到回信嗎？

[21] 현재 진척 상황 업데이트가 없어서 현재 상황이 어떤지 알고 싶습니다 .

由於目前沒有更新進度，想知道目前情況如何了。

[22] 바쁘시겠지만 빠른 진행을 위해서 요청한 자료를 내일 오후 6 시 전까지 보내주셨으면 좋겠습니다 .

您應該很忙，但是為了加快事情進行，希望您在明天下午 6 點以前，把我要的資料寄給我。

回覆對方

[23] 요청하신 자료를 준비 중입니다 . 최대한 이번 주 내로 보내 드리겠습니다 .

您要的資料在準備中，我會盡量在這週以內寄給您。

[24] 화상 회의에서 토론한 내용을 정리해서 보내드립니다 .

在此將視訊會議所討論的內容整理好，寄給您。

[25] 문의하신 사안에 대해서 다음 주까지 답변을 드려도 되겠습니까 ? 현재 회사 내부에서 이 부분에 대해서 여전히 의논 중입니다 .

關於您詢問的事情，我可以在下週以前給您回覆嗎？因為目前公司內部仍在討論這個部分。

信件結尾

[26] 혹시 추가 질문이 있으시면 언제든지 연락 주시기 바랍니다 .

如果還有其他問題，請隨時跟我聯繫。

[27] 빠른 답변 부탁드립니다 .

請您儘速回覆。

[28] 내용을 확인해 보시고 회신 부탁드립니다 . 감사합니다 .

請您確認過內容後回信給我，謝謝您。

其他情境實用句 🔊

29

申請特殊需求

[1] 가족이 갑자기 근무지를 이동하는 바람에 이사를 가게 되었습니다. 그래서 경기도 지사로 근무지 변경을 신청합니다.

我因為家人的工作地點突然調動而搬家了，所以要請調到京畿道分公司。

[2] 올해 제가 이끄는 팀이 이미 목표를 초과 달성했습니다. 그래서 하반기 연봉 협상 및 평가 면담을 먼저 요청하고 싶습니다.

今年我帶領的團隊已經突破目標了，所以想要先提出下半年的薪資協商與考核面談。

[3] 말씀드린 것처럼 전시회 참여를 위해 부산으로 출장을 가려고 합니다. 출장 품의서를 첨부해서 보내드립니다.

如同先前跟您說過的，為了參與展覽，我想要到釜山出差，在此檢附出差申請單寄給您。

[4] 지난주 급한 업무로 야근을 하게 되었습니다. 이에 야근 수당 신청서를 제출합니다.

我上週因為緊急工作加了班，在此提出相關的加班費申請單。

[5] 해외 출장 준비로 연장 근무를 신청합니다. 첨부한 연장 근무 신청서를 확인해 보시고 결재 부탁드립니다.

我因為準備國外出差事宜而申請加班。請您確認附檔的加班申請書，並進行核准。

[6] 지난주에 다녀온 해외 출장비를 정산 받기 위해 해외 출장 사용경비 정산서와 모든 영수증을 첨부하여 보냅니다.

為了核銷上週前往海外出差的費用，在此檢附海外出差使用經費結算單及所有發票給您。

[7] 전시회에 사용할 홍보 배너 제작을 위한 지출 기안서를 첨부하였습니다. 승인 부탁드립니다.

已經把展覽要用的橫幅廣告製作支出草案檢附於附檔了，煩請您批准。

[8] 5 년간 현 부서에서 일하면서 많은 것을 배웠습니다 . 하지만 좀 더 큰 성장을 위해 타 부서 이동을 요청드립니다 .

這 5 年在現在的部門工作，學到了很多，但是為了獲得更多成長，我要請調部門。

[9] 이번 기회에 해외 근무에 지원해 보고자 합니다 .

我想藉著這次機會應徵看看海外工作。

[10] 이번 주 금요일 오전에 개별 면담을 신청합니다 .

我要申請在這週五上午進行個別面談。

02

請假

[11] 연차 신청서를 작성하여 첨부하였습니다 . 확인해 보시고 승인 부탁드립니다 .

我已經填寫並附上特休申請書了，煩請您確認與批准。

[12] 8 월 3 일부터 5 일까지 여름휴가를 신청합니다 . 다른 팀원들과 휴가가 겹치지 않게 일정을 모두 조율한 상태입니다 . 휴가 결재 부탁드립니다 .

我從 8 月 3 日到 8 月 5 日要請暑假。我已經和其他組員協調過，確定大家的請假日期不會重疊了，請您准假。

[13] 개인 사유로 4 월 28 일 월차를 신청하려고 합니다 .

因為一些個人因素，我 4 月 28 日想要請特休。

[14] 오늘 오전에 구두로 말씀드린 월차를 회사 시스템에 신청했습니다 .

我已經在公司系統申請今天上午口頭跟您提過的特休。

[15] 죄송합니다 . 집에 급한 일이 생겨 반차를 내고 싶습니다 .

對不起，因為家裡發生了急事，我想要請半天假。

[16] 제가 갑자기 몸이 너무 아파서 오늘 일찍 조퇴를 해야 할 것 같습니다 .

我突然身體不舒服，今天可能要早退了。

[17] 어머니께서 편찮으셔서 급하게 휴가를 내야 할 것 같습니다 .

因為我媽媽生病了，我可能要急著請假。

[18] 집안 행사가 있어서 6 월 20 일 하루 연차를 내고 싶습니다 .

因為家裡有活動，所以我 6 月 20 號一整天想要請特休。

[19] 건강상의 이유로 병가를 사용하고자 합니다 . 진단서도 함께 첨부했으니 결재 부탁드립니다 .

由於健康因素，我想要使用病假，已經一同附上診斷書了，請您核准。

[20] 5 월 2 일부터 출산휴가를 신청하려고 합니다 .

我想要從 5 月 2 日開始請產假。

祝賀他人

[21] 부장님의 승진을 축하드리며 더 큰 영광과 무궁한 발전을 기원합니다 .

恭喜部長升遷，敬祝您再創輝煌、鴻圖大展。

[22] 부사장 취임을 진심으로 축하드리며 뜻한 바 모두 이루시기를 바랍니다 .

誠摯地恭喜副社長就任，祝福您心想事成。

[23] 이번 프로젝트 성공을 축하드립니다 .

恭喜這次專案成功。

[24] 일본에 새로운 지사를 설립하신 것을 진심으로 축하드립니다 .

誠摯恭喜您在日本創立了新的分公司。

[25] 창립 50 주년을 축하드리며 앞으로도 더욱 번창하시길 바랍니다 .

恭喜創立 50 週年，祝福貴公司未來更加繁榮興旺。

[26] 신제품 출시를 축하드리며 큰 성공을 기원합니다 .

恭喜推出新產品，預祝您大獲成功。

[27] 부장님의 정년퇴직을 진심으로 축하드립니다 . 새롭게 걸어가실 길을 언제나 응원하겠습니다 .

誠摯地恭喜部長屆齡退休，我會一直為您要步上的新道路加油的。

[28] 결혼을 진심으로 축하드리며 두 분의 앞날에 행복이 가득하시길 바랍니다 .

誠摯地恭喜兩位結婚，祝兩位的未來幸福洋溢。

[29] 임신하신 거 진심으로 축하드립니다 . 아기와 산모의 건강을 기원합니다 .

誠摯地恭喜您懷孕，祝福您母子均安。

[30] 건강하고 예쁜 아기 출산을 축하드립니다 . 몸조리 잘하시기를 바랍니다 .

恭喜您生下健康又漂亮的寶寶，希望您好好調養身體。

관점
VIEW

3

本章節韓文撰稿者

▶柳廷燁

韓國人。韓國外國語大學韓國語教師課程結業，臺
灣國立成功大學 IIMBA 國際經營管理所碩士。
來台超過 10 年，過去曾擔任韓聯社駐台記者，現為
韓語版台灣新聞網站「現在臺灣」主要營運者和執筆
人，以及首爾新聞 NOWNEWS 部駐台記者。著有《韓
國駐台記者教你看懂韓語新聞》，並經營 Facebook
粉絲專頁「柳大叔，愛臺灣的韓國人」。

01

게임산업 PM
遊戲產業 PM

閱讀短文 🔊 30

　회사에서 프로젝트 매니저 (PM) 는 주로 제품 개발을 성공적으로 마칠 수 있도록 개발부터 출시까지 모든 업무를 총괄한다 . 게임 회사에서 말하는 PM 은 명확하게 정해져 있지는 않지만 주로 게임 개발이 원활하게 이루어질 수 있도록 관리하는 역할을 담당한다 . 회사마다 PM 에게 주어지는 업무는 천차만별이다 . 어떤 회사의 PM 은 권한이 거의 없기도 하고 어떤 회사의 PM 은 막강한 의사 결정권을 갖기도 한다 .

　PM 은 자신이 담당하고 있는 게임이 시장에서 매출이라는 성과를 낼 수 있도록 관리해야 한다 . 지표 설계 및 분석 , 제품 개선 및 제안 , 매출 관련 비지니스 모델 및 운영툴 설계 , 마케팅 및 이벤트 기획과 진행 , 업데이트 내용과 일정 관리 등이 PM 이 해야 하는 기본적인 업무다 .

　PM 은 정해진 기간 내에 그래픽과 관련된 리소스 업무와 프로그래밍과 관련된 개발 업무 관리를 동시에 해야 하는 것이 보통이다 . 일 잘하는 PM 이 되려면 업무 전반을 어느 정도 할 줄 알아야 하며 전체 업무 상황을 맥락으로 이해하는 능력이 필요하다 . PM 이라면 협업 능력과 일정 관리 능력을 갖추는 것이 무엇보다 중요하며 팀원들이 편하게 일할 수 있는 분위기를 만들어 줘야 한다 .

　在公司裡，專案經理（PM）主要統籌從開發到上市的一切工作，促使產品的開發成功收尾。在遊戲公司所說的 PM，雖然沒有明定，但主要是負責擔任管理的角色，以利遊戲順利完成開發。不同公司的 PM 被賦予的工作天差地別。有些公司的 PM 幾乎沒有權限，有些公司的 PM 則擁有十分強大的決策權。

　PM 必須進行管理，讓自己負責的遊戲在市場上交出名為銷售額的成果。指標規劃與分析、產品改善與提案、銷售相關的商業模型及營運工具規劃、行銷與活動的企劃及執行、更新內容與時程管理等等，都是 PM 要做的基本工作。

　PM 通常必須在指定期間內，同時管理與圖形相關的資源工作，還有與程式設計相關的開發工作。如果想成為能幹的 PM，對所有工作都要有一定程度的認識，也需要具備可以遵循脈絡瞭解整體工作情形的能力。身為 PM，具備協作能力及時程控管能力是最重要的，而且還要營造出可以讓團隊成員自在工作的氣氛。

單字

· **총괄** (總括) **하다**：統籌、總攬、概括
· **주어지다**：被賦予、具備
· **천차만별** (千差萬別)：天差地別
· **권한** (權限)：權限

· **막강** (莫強) **하다**：強大的
· **리소스** (resource)：資源
· **프로그래밍** (programming)：程式設計
· **팀원** (team+ 員)：團隊成員、組員

A：류 PM 님 . 설 연휴가 얼마 안 남았는데 우리 게임의 업데이트가 필요할 것 같아요 .

B：그렇지 않아도 지난주부터 업데이트 기획안을 짜고 있어요 . 이벤트에 특별 아이템을 업데이트하려고요 .

A：작년 추석 이벤트 기억하세요 ? 출석 보상이 적다고 유저들이 아우성이었죠 .

B：그래서 이번에는 출석 이벤트 보상을 좀 강화하려고요 . 특별 아이템도 이벤트 참여가 결제로 이어질 수 있도록 구상 중이에요 .

A：그래요 . 기획서 초안이 완료되는 대로 저에게 먼저 보여주시고 개발팀도 미팅 잡아보도록 하세요 .

B：네 . 그러겠습니다 .

A：柳 PM，春節連假快到了，我們的遊戲好像需要更新一下。

B：我剛好從上個禮拜就開始擬定更新的企劃案了，打算更新活動跟特別道具。

A：還記得去年的中秋活動嗎？一些玩家抗議說簽到獎勵太少。

B：所以，我這次想要稍微加強簽到活動的獎勵。也正在構思讓玩家參加活動後，會接著結帳的特別道具。

A：好，等你完成企劃書的初稿以後，請先拿給我看過，也要跟開發團隊開個會。

B：好，我會的。

 文法 32

[V/있다/없다]는 대로　一～就～、照樣～

[說明]

앞서 어떤 동작이 발생하고 그 상태가 변하지 않고 계속 유지되는 가운데 그와 관련된 동작이 일어날 때 사용하는 문법이다 .

這個文法用在前面發生某個動作後，那種狀態繼續維持不變時，與之相關的動作出現的時候。

[例句]

1. **회사에 도착하는 대로** 이메일을 확인하도록 하겠습니다 .
   我到公司就會確認電子郵件了。

2. **있으면 있는 대로 없으면 없는 대로** 사는 것이 인생이다 .
   富有富的過法，窮有窮的過法，這就是人生。

최근 한국 게임의 명성이 예전만 못하다는 지적이 나오고 있다 . 글로벌 게임시장에서 한국이 과거보다 실적이 좋지 않다는 것이다 . '2021 대한민국 게임백서'에 따르면 , 2020 년 기준 한국의 게임 시장 규모는 모바일이 4 위 , PC 가 3 위 등이다 . 세계 시장에서의 한국의 시장점유율은 6.9% 로 미국 (21.9%), 중국 (18.1%), 일본 (11.5%) 에 이은 4 위다 . 5 위 영국은 6.1% 로 한국을 바짝 추격하고 있는 모양새다 .

한국의 글로벌 모바일 게임 시장점유율은 10.3% 로 중국 (26.4%), 미국 (17.9%), 일본 (13.8%) 다음이다 . 2020 년 세계 모바일 게임 시장에서 중국의 텐센트가 단연 앞섰다 . 애플 앱스토어 시장에서 텐센트는 2020 년에도 매출 1 위 자리를 지켰다 . 2017 년부터 4 년 연속 1 위다 .

글로벌 PC 게임 시장에서 한국의 점유율은 12.4% 로 중국과 미국에 이어 3 위다 . 2016 년 까지 세계 2 위를 지켰던 한국은 2017 년부터 미국에 역전당하며 줄곧 3 위에 그치고 있다 . 한국 게임회사들은 주로 모바일 게임 개발에 주력하고 있어 PC 게임에서 미국을 앞서기는 힘들어 보인다 .

그밖에 콘솔과 아케이드 게임의 경우 한국의 글로벌 점유율은 각각 1.7%, 0.7% 에 불과하다 . 플레이스테이션과 닌텐도 스위치의 보급이 부쩍 늘면서 시장 규모는 커졌지만 한국을 대표하는 게임은 없는 실정이다 .

한국의 3 대 게임회사는 넥슨 , 넷마블 , 엔씨소프트다 . 모두 PC 게임 개발을 시작으로 성장했으며 , 현재는 모바일 게임 개발에 주력하고 있다 . 이들은 소위 '3N' 으로 불린다 .

한국 게임 업계는 정부의 지속적인 관심을 요구하고 있다 . 업계는 정부가 외교를 통해 콘텐츠를 보호하고 해외 시장 진출을 지원하는 한편 불합리한 제도를 철폐하고 e 스포츠 강화 및 세제 혜택 등을 마련해야 한다고 입을 모았다 . 정부의 관심이 없으면 게임산업 발전이 힘들다는 것이다 . 해외 사업을 개척하고 있는 한국 게임사들은 최근 들어 중국의 전례 없는 게임산업 규제로 인해 인도 등으로 사업 확장을 도모하고 있다 .

開始有人指責，最近韓國遊戲的聲望不如從前，意思是在國際遊戲市場當中，韓國的業績比以前還差。根據「2021 年大韓民國遊戲白皮書」記載，以 2020 年為準，韓國的遊戲市場規模為行動裝置第 4 名、電腦第 3 名。在全球市場，韓國的市占率為 6.9%，排在美國（21.9%）、中國（18.1%）、日本（11.5%）後面，位居第 4 名，而第 5 名的英國，正以 6.1% 緊追在韓國後面。

韓國的全球手機遊戲市占率是 10.3%，位居中國（26.4%）、美國（17.9%）、日本（13.8%）之後。2020 年的全球手機遊戲市場，由中國騰訊遙遙領先。在蘋果的 App Store 市場，騰訊在 2020 年也守住了銷售第 1 名的寶座，從 2017 年開始，連續 4 年蟬聯第 1 名。

在全球電腦遊戲市場，韓國的市占率是 12.4%，接在中國與美國之後，排名第 3。直到 2016 年還守住全球第 2 名的韓國，自從 2017 年被美國超車以後，就一直停滯在第 3 名。因為韓國的遊戲公司主要著力於手機遊戲的開發，要在電腦遊戲領先美國，貌似有困難。

除此之外，在主機遊戲和街機遊戲方面，韓國的全球市占率分別僅有 1.7% 及 0.7%。隨著 PlayStation 和任天堂 Switch 大為普及，市場規模雖有擴大，實際上卻幾乎沒有可以代表韓國的遊戲。

韓國的 3 大遊戲公司是 NEXON、Netmarble、NCSOFT，全是開發電腦遊戲起家的，而且目前都著力於手機遊戲的開發。它們被稱為所謂的「3N」。

韓國遊戲業界要求政府持續給予關注。業界人士一致表示，政府應該透過外交保護內容，並廢除支援進軍海外市場，卻不合理的制度，也該準備電子競技的扶植與稅收優惠等等。也就是說，若是沒有政府的關注，遊戲產業就難以發展。正在開拓海外事業的韓國遊戲公司，近期正因為中國史無前例的遊戲產業管制，轉往印度等地謀求事業的擴張。

單字

- **명성**（名聲）：聲望
- **잇다**：連接、繼續、接著
- **바짝**：緊緊地
- **모양**（模樣）**새**：樣子、模樣
- **단연**（斷然）：絕對、顯著、完全
- **앞서다**：領先
- **역전**（逆轉）：逆轉、翻盤
- **줄곧**：一直、接連不斷
- **그치다**：停下、停留、停歇
- **주력**（注力）**하다**：著力、致力、專注
- **부쩍**：猛然、一下子、驟然
- **입을 모으다**：異口同聲
- **개척**（開拓）**하다**：開拓、拓展、開發
- **도모**（圖謀）**하다**：謀求、策畫、圖謀

01 유저(user) 使用者、玩家

게임 유저의 불만을 제대로 파악하고 해결하기 위해서는 유저의 입장에서 자신이 담당한 게임을 바라보는 것이 무엇보다 중요하다고 할 수 있지요 .

為了妥善掌握並解決遊戲玩家的不滿，站在玩家的立場檢視自己負責的遊戲，可謂是最重要的事。

02 활성 유저 (活性+user) 活躍使用者

특정 기간에 걸쳐 앱에 접속한 활성 유저는 앱의 인기를 파악하는 데 중요한 지표로 일 , 주 , 월 단위로 집계한다 .

曾在特定期間內進入應用程式的活躍使用者是掌握應用程式人氣的重要指標，以日、週、月為單位進行統計。

03 버그(bug) 錯誤

게임에서 작은 결함이라고 할 수 있는 버그는 주로 유저들의 불만을 사기도 하지만 때로는 버그로 인해 유저들 사이에서 화제를 모으며 홍보 효과를 누리기도 한다 .

堪稱是遊戲中小缺陷的錯誤，通常會造成玩家的不滿，不過有時候，錯誤也會在玩家之間引發話題，享有宣傳效果。

04 로그(log) 記錄

현재 운영 중인 게임을 분석하려면 데이터베이스에 쌓인 게임 로그를 분석하는 방법이 있는데 , 이는 유저의 동향을 다양한 관점에서 파악할 수 있다는 장점이 있다 .

如果要分析目前正在營運的遊戲，有一種方法是分析資料庫裡面累積的遊戲記錄，它的優點是可以從各種角度掌握玩家動向。

05 보상 (리워드) (補償，Reweard) 獎勵

아무리 재미있는 게임이라도 게임에서 보상이 주어지지 않고 계속 아이템 결제만 요구하면 유저들은 쉽게 게임에서 이탈하기 마련이에요 .

就算遊戲再怎麼好玩，如果遊戲不發獎勵，只會一直要人課金，玩家勢必容易棄遊。

06 운영툴 (運營+tool) 營運工具

게임 개발사들은 원활한 게임 서비스를 위해 운영툴을 개발하는 것이 시간과 비용을 절감할 수 있다고 입을 모았다 .

一些遊戲開發商異口同聲表示，為了順暢的遊戲服務，而開發營運工具軟體，可以節省時間和費用。

07 확률형 아이템 (確率型+item) 機率型道具

유저들은 게임을 할 때 가챠나 랜덤박스와 같은 확률형 아이템에서 획득 가능한 아이템의 종류와 구성 비율 및 확률 등이 공개되어야 한다는 입장이다 .

玩家們認為，在玩遊戲的時候，可以從轉蛋或隨機箱這類的機率型道具獲得的道具種類、組成比例與機率應該要公開。

08 재방문율 (리텐션) (再訪問率，Retention) 留存率

유저가 게임을 처음 시작한 후 일정 기간이 지난 시점에 게임을 플레이하는 비율을 재방문율 (리텐션) 이라고 하는데 이는 보통 애널리틱스 도구를 통해 알 수 있다 .

使用者自從首次開始遊戲後，過了一段期間，仍在玩遊戲的比例被稱為留存率（Retention），這通常可以透過分析工具得知。

09 서버(Server) 伺服器

최근 경쟁사에서 서버가 장시간 다운되면서 그 게임에 접속한 많은 유저들이 이탈하는 사태가 벌어졌다고 하더라고요 .

最近競爭公司的伺服器長時間當機，爆發了許多玩那款遊戲的玩家都棄遊的局面。

10 베타 테스트(Beta Test) Beta測試

우리 게임이 정식으로 출시되기 전에 베타 테스트를 진행해 문제점을 찾아 서둘러 개선해야 할 것 같은데 , 뭐 좋은 아이디어 있으세요 ?

在我們的遊戲正式上市以前，好像應該進行 Beta 測試，找出問題點，並盡快改善，有什麼好點子嗎？

02
전자산업 고객관리&개발
電子產業顧客管理&開發

　　고객 관리 업무는 현재의 고객과 미래의 고객이 될 '잠재고객'을 이해해야 한다. 이를 바탕으로 고객이 원하는 제품과 서비스를 지속적으로 제공하여 회사와 브랜드의 이미지를 제고해 충성도가 높은 고객을 관리, 유지하는 한편 신규 고객을 유치해야 한다.

　　고객 관리 업무는 일반적으로 고객 정보, 거래처 이력, 잠재 거래처 등으로 나누어 파악하는 것이 일반적이다. 규모가 어느 정도 있는 회사들은 자체적으로 고객관리시스템을 도입해 사용할 만큼 이를 중시한다.

　　회사들이 고객관리에 열을 올리는 큰 이유는 기존 고객의 충성도를 높이기 위함이다. 다른 경쟁업체에게 기존 고객을 빼앗기지 않기 위해서는 충성도를 높이는 방법이 가장 좋다. 충성도가 높은 고객은 회사의 브랜드나 제품을 주변인들에게 알려 홍보를 돕기도 한다.

　　제품의 품질은 물론이고 고품질 서비스는 고객의 부정적인 경험을 최소화할 수 있다. 독점 시장이 아닌 이상 고객의 부정적인 경험은 회사에 등을 돌리는 주요 원인이 된다.

　　그렇기에 고객관리 담당자는 순조로운 의사 소통을 위해 힘써야 한다. 고객은 회사에 안정적인 서비스를 기대한다. 고객들은 회사가 업무 시간을 막론하고 전화, 이메일, 메신저 등 다양한 채널을 통해 신속하게 해결책을 제공할 수 있기를 원한다.

　　顧客管理工作必須瞭解目前的顧客，以及將成為未來顧客的「潛在顧客」。必須以此為基礎，持續提供顧客想要的產品與服務、提升公司與品牌的形象，管理、維持著忠誠度高的顧客，並同時吸引新的顧客。

　　顧客管理工作一般劃分為顧客資訊、客戶履歷、潛在客戶等等，擁有一定規模的公司相當重視這個部分，甚至會自行導入顧客管理系統使用。

　　公司之所以熱衷於顧客管理，一大原因是為了提高現有顧客的忠誠度。為了不被其他競爭業者搶走顧客，提高忠誠度是最好的辦法，因為忠誠度高的顧客也會把公司的品牌或產品介紹給身邊的人，幫忙宣傳。

　　不光是產品的品質，高品質的服務也可以將顧客的負面經驗減到最小。只要不是獨佔市場，顧客的負面經驗，就是顧客棄公司而去的主因。

　　因此，顧客管理負責人必須致力於順暢的溝通。顧客期待公司擁有穩定的服務。顧客希望不管是不是上班時間，公司都可以透過電話、電子郵件、通訊軟體等各式各樣的管道，迅速地提供解決方案。

單字

· **제고** (提高) **하다**：提升、提高
· **충성도** (忠誠度)：忠誠度
· **유치** (誘致) **하다**：吸引、引來、招來
· **열을 올리다**：熱衷、專注
· **경쟁업체** (競爭業體)：競爭業者
· **주변인** (周邊人)：身邊的人
· **등을 돌리다**：背棄、背叛
· **순조** (順調) **롭다**：順暢的

A: 최근 국제반도체장비재료협회가 발표한 반도체 시장 현황에 관한 보고서 보셨나요?

B: 안 그래도 어제부터 그거 보면서 발표 준비를 하고 있습니다.

A: 보고서를 보니 역시 파운드리에서는 역시 대만이 최강이더라고요.

B: 그러게요. 파운드리 10 위권에 대부분이 대만 반도체 회사들이 올랐더라고요.

A: 대만 수출에 기여도가 상당하지요. 대만을 세계 반도체의 생산 기지라고 불러도 될 만큼요.

B: 그러게요. TSMC 의 경우는 첨단 공정에서 선두 주자니 세계 팹리스 업체들이 선호할 수밖에요.

A: 반도체 경쟁의 핵심은 그런 첨단 기술이죠. 먼저 개발한 사람이 먼저 시장을 점유한다는 특징이 있잖아요.

B: 그러니 매출이 높을 수밖에요.

A: 你有看到最近國際半導體產業協會公布的半導體市場現況報告書嗎?

B: 我從昨天就開始看著那個,準備報告。

A: 看了報告書才發現,半導體製造廠果然還是台灣最強。

B: 對啊,登上半導體製造廠前 10 名的,大部分都是台灣的半導體公司。

A: 對於台灣出口的貢獻度相當高啊,台灣堪稱是世界半導體的生產基地了。

B: 就是說啊,像台積電是尖端製程的領頭羊,世界上的無廠半導體業者一定會偏好它。

A: 半導體競爭的關鍵,就在於那種尖端技術啊。還有著「誰先開發出來,誰就會搶先佔有市場」的特徵。

B: 所以銷售額一定很高囉。

A/V을 수밖에 없다, N일 수밖에 없다　只能A/V、只能是N

[說明]

말한 상황이나 행동 외에 다른 방법이나 가능성이 전혀 없을 때 사용하는 문법이다.

這個文法用在除了所述情境或動作以外,完全不存在其他方法或可能性的時候。

[例句]

1. 코로나 19 때문에 회사를 그만둘 수밖에 없었다.

　　因為 COVID-19 的關係,只好離開公司。

2. 틈만 나면 한국어 공부를 했으니 한국어를 잘할 수밖에 없지요.

　　因為一有空就讀韓文,韓文一定很好囉。

한국의 제조업 경쟁력은 세계에서 얼마나 될까? 지난 2021년 한국 산업연구원이 펴낸 '한국 제조업 경쟁력 보고서'에 따르면, 유엔산업개발기구(UNIDO)가 2018년 지표를 기준으로 2020년 발표한 세계 제조업 경쟁력 지수(CIP)에서 152개국 중 독일, 중국에 이어 3위에 올랐다.

1990년 기준으로 17위에 올랐던 한국은 순위가 상승했고, 해당 연도에서 처음으로 미국과 일본을 제쳤다.

한국의 제조업이 성장했지만 한국의 제조업이 국내총생산(GDP)에서 차지하는 비중은 1991년 27.6%, 2019년 27.5%로 제자리걸음을 하고 있다.

한국 내 고용은 2015년부터 2019년까지 약 18만 명 감소한 것으로 이 인원 수는 삼성전자와 현대자동차의 2020년 한국내 직원 수를 합친 수와 맞먹는다. 하지만, 한국 제조업의 해외 고용은 5년새 29.4%나 늘어났다.

제조업 중에서 첨단산업으로 꼽히는 반도체의 경우 한국 수출에 차지하는 비중이 높다. 삼성전자와 SK 하이닉스 등이 세계 메모리 반도체 시장을 독식하고 있다.

2020년 한국 수출에서 반도체 수출이 차지하는 비중은 전년 대비 2% 포인트(p) 상승한 19.3%에 달했다. 2021년 1월 수출액은 480억 1200만 달러로 전년 동기 대비 11.4% 늘었지만 반도체 수출액을 제외하고 비교하면 수출 상승률은 9.3% 밖에 되지 않았다.

반도체는 엄청난 부가가치를 창출한다. 통계청에 따르면, 2019년 기준 반도체 출하액은 130조 5,260억 원, 원재료비 등 주요중간투입비를 제외한 부가가치는 87조 8,930억으로 나타났다. 반도체 출하액에서 부가가치가 차지하는 비중이 무려 67%에 달했다. 한국의 다른 주력산업인 자동차, 화학 산업의 경우 출하액 대비 부가가치가 차지하는 비중은 각각 28%, 31% 수준에 불과했다.

문재인 전 대통령은 임기 중인 2021년 5월 종합 반도체 강국 실현과 글로벌 패권 경쟁에 맞서기 위해 대규모 반도체 지원 정책인 'K-반도체 전략'을 발표했다. 하지만 반도체 산업 지원을 위한 반도체특별법 제정은 2021년에 이루어지지 않았다.

韓國的製造業競爭力，在全球排名多少呢？根據 2021 年韓國產業研究院發行的「韓國製造業競爭力報告書」記載，在聯合國工業發展組織（UNIDO）以 2018 年指標為基準，於 2020 年發表的全球製造業競爭力指數（CIP）當中，韓國在 152 個國家裡，位居德國、中國之後，登上了第 3 名。

在 1990 年名列第 17 名的韓國排名上升了，也在該年度首次超越美國和日本。

韓國的製造業雖然有所成長，可是韓國的製造業在國內生產毛額（GDP）所佔的比例，在 1991 年是 27.6%，在 2019 年是 27.5%，仍在原地打轉。

韓國國內的就業人數從 2015 年到 2019 年，大約減少了 18 萬人，這個數字和三星電子與現代汽車的 2020 年韓國國內員工人數加總的數量相符。不過，韓國製造業的海外就業人數，在 5 年間足足增加了 29.4%。

在製造業當中被評為尖端產業的半導體，在韓國出口所佔的比重就高了。三星電子與 SK 海力士等公司獨吞全球的記憶體半導體市場。

在 2020 年的韓國出口，半導體出口所佔據的比重，達到了較前一年上升 2 個百分點（p）的 19.3%。2021 年 1 月的出口額雖然是 480 億 1200 萬美元，比去年同一期多了 11.4%，不過如果扣除半導體出口額，再進行比較的話，出口上升率僅有 9.3% 而已。

半導體創造出非常大的附加價值。據統計廳表示，以 2019 年為基準，半導體上市價格為 130 兆 5,260 億韓幣，扣除原料費用等主要的中間投入費用以後，附加價值為 87 兆 8,930 億韓幣。附加價值在半導體上市價格所佔的比重高達 67%。至於韓國的其他主力產業——汽車、化學產業方面，附加價值與上市價格的比重，則分別僅有 28% 和 31% 的水準。

文在寅前總統在 2021 年 5 月仍在任時，曾為了實現綜合半導體強國，並迎戰國際霸權競爭，而公布半導體支援政策「K- 半導體戰略」。不過，用來支援半導體產業的半導體特別法的制定，並沒有在 2021 年完成。

單字

· 제치다：超越、突破
· 제자리걸음：原地打轉、原地踏步
· 고용（雇用）：雇用、聘用
· 맞먹다：相符、相當
· 독식（獨食）하다：獨吞、獨佔
· 달（達）하다：達到
· 상승률（上昇率）：上升率、上漲率
· 출하액（出荷額）：上市價格
· 부가가치（附加價值）：附加價值
· 임기（任期）：任期
· 패권（霸權）：霸權
· 맞서다：對抗、對峙、面臨
· 제정（制定）：制定

01 공정 (工程) 製程

반도체 제조에 8 대 공정이 있는데 , 이는 웨이퍼 , 산화 , 포토 , 식각 , 박막 , 금속배선 , EDS, 패키징으로 구성된다 .

半導體製造有 8 大製程，由晶圓、氧化、微影、蝕刻、薄膜、金屬連線、EDS 與封裝組成。（註：EDS 為 Electrical Die Sorting 的簡稱）

02 패키징 (Packaging) 封裝

반도체에서 패키징은 업계에서 높은 부가가치를 발휘한다는 이유로 차세대 반도체 사업 경쟁력의 핵심으로 자리 잡았다 .

因為半導體的封裝在業界會發揮高度附加價值，便成了次世代半導體事業競爭力的關鍵。

03 생산 라인 (生產+line) 生產線

반도체 생산 라인 확대를 위해 삼성전자는 반도체 설비 투자에 박차를 가했다 .

為了擴大半導體生產線，三星電子加緊腳步投資了半導體設備。

04 공급망 (供給網) 供應鏈

미래에 대한 불확정성이 가중되자 세계 여러 나라들은 공급망 재편에 온 힘을 쏟고 있는 모양새다 .

未來的不確定性加重後，世界各國便開始對供應鏈重組傾注心力的樣子。

05 팹리스 (Fabless) 無廠半導體公司

팹리스라고 하면 반도체를 직접 생산하지 않고 설계를 전문적으로 하는 회사를 말하는데 대만의 미디어텍이 대표적이라고 할 수 있지요 .

說到無廠半導體公司，指的是不親自生產半導體，而是專門設計的公司，台灣的聯發科可謂是一個代表性的例子。

06 웨이퍼 (Wafer) 晶圓

웨이퍼는 실리콘 [Si], 갈륨 아세나이드 [GaAs] 등으로 만든 기둥을 얇게 자른 원판을 말하는데 , 반도체 제조의 기반이 된다 .

晶圓指的是將矽（Si）、砷化鎵（GaAs）等製成的圓柱切成薄片而形成的圓片，是半導體製造的基礎。

07 나노 (Nano) 奈米

10 억분의 1 미터 크기의 물질을 조작하는 것을 나노 기술이라고 하는데 소재 , 에너지 , 의료 분야에 널리 쓰인다 .

操作著尺寸為 10 億分之 1 公尺的物質的技術叫奈米技術，在原料、能源、醫療領域廣泛使用。

08 이미지센서 (Image sensor) 感光元件

다양한 반도체 기술이 필요한 디지털카메라에서 가장 중요한 역할을 하는 부품은 ' 이미지센서 ' 로 피사체 정보를 영상신호로 변환하는 역할을 한다 .

在需要多種半導體技術的數位相機裡，扮演最重要角色的零件是「感光元件」，它的作用是把被攝體資訊轉換為影像訊號。

09 집적회로 (積體迴路) 積體電路

직접회로는 다양한 기능을 처리하고 저장하기 위해 많은 소자를 하나의 칩 안에 집적한 전자부품으로 웨이퍼 위에 다수의 회로를 만들어 탄생됩니다 .

積體電路是為了處理並儲存各種功能，而將許多元件集積在一個晶片裡面的電子零件，是在晶圓上面打造出多條電路而誕生的。

10 트랜지스터 (Transistor) 電晶體

트랜지스터는 신호를 확대하는 증폭 역할과 디지털 신호 0 과 1 을 전환하는 스위치 역할을 한다 .

電晶體具有擴大訊號的增幅作用，以及轉換數位訊號 0 跟 1 的切換作用。

03
여행업 고객상담
旅遊業客服

　고객상담 업무는 소위 CS 라고도 불리는데 이는 고객서비스 (Customer Service) 를 의미한다 . 최전선에서 고객 문의에 응대하고 , 고객들의 목소리를 반영해 관리정책을 기획하고 수립한다 . 고객과 접점에 있는 CS 업무는 고객 만족도를 극대화하는 데 목적을 둔다 . 고객의 만족 여부가 곧 기업의 제품은 물론 기업의 이미지까지 영향을 미치기 때문이다 . 따라서 기업들은 사업 규모와 특성에 맞춰 고객만족도를 끌어올리기 위한 부서를 운영하고 있다 . 이러한 부서는 세부적으로 기획 , 평가 , 교육 등으로 나누어 운영한다 .

　이 업무는 고객을 대한다는 점에서 매일매일 똑같은 하루를 보내는 것 같지만 늘 새로운 사람들과 새로운 이야기를 하고 이를 통해 다양한 간접 경험을 할 수 있다 . 그렇기 때문에 고객의 입장에서 바라볼 수 있는 고객 지향적 마인드를 바탕으로 커뮤니케이션 역량은 물론 진정성과 책임감 있는 태도가 요구된다 . 또한 고객들의 경험 및 불만이나 건의사항을 수집해 분석할 줄 아는 능력을 키운다면 이러한 과정에서 영업전략이나 마케팅 포인트도 배울 수 있다 .

　실무자들은 유연한 사고가 필요하다는 데 입을 모았다 . 이들은 고객을 응대하는 과정에서 모든 고객을 만족시키는 데는 한계가 있으며 , 때로는 이러한 것이 일을 하는 데 힘든 점이라고 꼽았다 . 그렇지만 고객의 의견이 반영되어 고객에게 좋은 반응과 응원의 메시지를 받았을 때 가장 큰 보람을 느낀다고 밝혔다 .

　客服工作也被稱為 CS，代表著顧客服務（Customer Service），在第一線回應顧客的詢問、反應顧客的聲音，以規劃並制定管理政策。與顧客有交集的客服工作，旨在把顧客的滿意度極大化。因為顧客的滿意與否馬上就會對企業的產品和企業形象造成影響。因此，企業會配合事業規模與特性，經營用來提升顧客滿意度的部門，將這種部門細分為企劃、評估與教育等等來經營。

　這份工作從待客的角度來看，似乎每天都過著一模一樣的日子，不過，其實總會和新的人展開新的對話，並藉此擁有各式各樣的間接體驗。因此，以能夠站在顧客的立場看事情的顧客導向心態為基礎，不只需要溝通能力，還需要真誠與負責任的態度。而且如果培養出懂得蒐集顧客的經驗、不滿或建議事項，並加以分析的能力，也能夠在這樣的過程中，學到經營策略或是行銷的關鍵。

　業界人士一致表示，做這份工作需要彈性思考。他們認為，在與顧客應對的過程中，要讓所有顧客都滿意是有極限的，這種情況有時是工作的難處。不過，他們也表示，在顧客的意見獲得反應，因而收到顧客的正面回饋和加油訊息時，是感覺最有成就感的時候。

單字

· **소위** (所謂)：所謂、被稱為、所說的

· **최전선** (最前線)：第一線、最前方

· **수립** (樹立) **하다**：建立、制定

· **접점** (接點)：交集、共識

· **역량** (力量)：能力、力量、力度

· **진정성** (眞情性)：真誠

A： 지난주에 고객 불만이 챗봇을 통해 대량으로 접수된 거 아시나요？인터넷 커뮤니티 사이트에도 올라왔네요．

B： 아，그 대만행 단체관광객 말이죠？

A： 네，현지 여행가이드하고 여행인솔자 간에 스케줄 문제를 두고 트러블이 좀 있었나 봐요．

B： 현지 여행사 측은 뭐래요？

A： 여행인솔자는 즉각 현장에서 고객 불만을 바로 처리했다는데，현지 여행사는 구체적인 내용을 저희에게 알려주지 않았어요．

B： 처리했는데도 인터넷에 올라왔군요．제가 당장 직접 현지 여행사 CS 담당자에게 연락해 볼게요．

A： 네．좀 빠른 대응이 필요할 거 같아요．이번 단체관광객들 중에 대부분이 단골 고객이라서요．

B： 일단 현지 여행사 통해서 상황 설명 좀 듣고 나서 고객들에게 연락하겠습니다．

A： 你知道上週透過聊天機器人，接獲了大量的客訴嗎？還被 PO 上網路論壇。

B： 哦，你說的是那個去台灣的觀光團嗎？

A： 對，當地的導遊跟領隊好像因為行程的問題，發生了一些糾紛。

B： 當地旅行社怎麼說？

A： 聽說領隊當下在現場就馬上處理客戶的不滿了，但是當地旅行社沒有告知我們具體的內容。

B： 已經有處理了，卻還是 PO 上網啊。我馬上親自跟當地旅行社的客服負責人聯絡看看。

A： 好，可能需要儘快處理，因為這次跟團的觀光客大部分都是熟客。

B： 我先聽當地旅行社說明情況，再跟顧客聯絡。

 文法 42

V는 문제를/방법을 두고(놓고) V2　V針對問題/方法V2

[說明]
'~ 에 대해서 ' 와 바꿔 쓸 수 있는 표현으로 주로 뒤에 ' 토론을 하다 '，' 고민을 하다 ' 등이 함께 쓰인다．
可以和「對於～」互相替換的說法，後面主要搭配「토론을 하다（討論）」、「고민을 하다（苦思）」使用。

[例句]

1. **우리는 고객의 불만을 처리하는 문제를 두고 두 시간 이상 토론을 벌였다．**
   我們針對處理客訴的問題，展開了兩個多小時的討論。

2. **팀장님은 고객들이 지적한 서비스 문제를 개선하는 방법을 두고 고민에 빠졌다．**
   組長針對顧客們指責的服務問題的改善方式，陷入了苦思。

한국의 여행업은 다른 나라와 마찬가지로 울상이다 . 여행업은 지난 2 년여 간 코로나 19 로 가장 큰 피해를 입은 업계 중 하나로 손꼽힌다 .

중소여행사는 말할 것도 없고 , 하나투어 등 일부 대형 여행사는 지난 2021 년 영업손실액이 수백억 원에 달하는 것으로 알려졌다 . 이렇게 많은 여행사들이 경영난에 허덕이자 직원 감원 , 휴직이라는 극단적인 방법을 사용해 버티고자 노력했지만 총체적 난국을 이겨내지 못한 중소여행사들은 줄줄이 폐업을 선언했다 .

한국관광협회중앙회에 따르면 , 특히 최근 2 년 새 전국 여행사 수는 1377 곳이 감소했다 . 여행사는 2019 년 2 만 2283 곳에서 2020 년 2 만 1647 곳으로 , 2021 년 2 만 906 곳으로 집계됐다 .

여행사의 주 수입원은 해외여행에서 나오기 마련이다 . 하지만 코로나 19 로 인해 여행길이 막히면서 만성 적자로 돌아선 것이다 .

이렇게 여행업계는 지난해까지 2 년간 해외여행 특수를 누리지 못했지만 2022 년 여름부터는 코로나 19 규제 완화에 따라 다시 활기를 되찾을 것이라는 기대감이 조성되고 있다 .

여행업계는 7~8 월 여름 성수기의 해외여행이 호전될 것으로 내다봤다 . 모두투어는 " 해외여행에 대한 심리가 회복되면서 예약 문의도 이어지고 있다 " 고 했다 . 제주항공의 여름 성수기 예약률은 인천 - 다낭·방콕 노선에서 70~80%

대를 기록했다 . 제주항공은 해외여행에 대한 수요를 선점하기 위해 국제선을 늘릴 계획이다 .

한국의 해외여행은 1989 년 전면 자유화됐다 . 그 전만 해도 단순한 관광 목적으로의 출국은 불가능했다 . 일반인이 해외에 나가려면 회사 출장 , 유학 , 해외취업 등 특별한 목적이 반드시 필요했다 .

해외여행의 자유화는 1983 년 1 월 연 1 회 사용 가능한 관광여권을 발급하면서부터다 . 다만 , 50 세 이상의 국민이 연 200 만 원을 예치해야 하는 조건이 있는 제한적 자유화에 불과했다 .

그뒤 한국은 88 서울올림픽의 성공적인 개최로 국제화 시대에 접어들면서 해외여행에 대한 수요가 늘기 시작했고 , 1987 년 민주화 이후 사회 분위기가 보다 자유로워졌다 . 그러면서 마침내 해외여행의 전면 자유화가 실시됐다 . 당시 안보교육을 받는 것은 필수였다 . 하지만 급격히 늘어난 해외여행자로 인해 안보교육은 1992 년 폐지됐다 .

韓國的旅遊業和其他國家一樣，哭喪著一張臉。旅遊業在過去 2 年間，被評選為因為 COVID-19 的關係，損失最慘重的其中一種產業。

中小型旅行社就不用說了，據說部分大型旅行社，例如哈拿多樂等等，在 2021 年的營業損失金額高達幾百億韓幣。這麼多旅行社飽受經營困難之苦，使出裁員、暫時停職這些極端的方法，努力想要挺過去，然而，沒能度過大環境難關的中小型旅行社，接二連三宣布倒閉。

根據韓國觀光協會中央會統計，特別是在最近 2 年間，全國旅行社的數量減少了 1377 間。旅行社從 2019 年共計 2 萬 2283 間，降到 2020 年共計 2 萬 1647 間，再到 2021 年共計 2 萬 906 間。

旅行社的主要收入來源，經常來自海外旅遊。不過，在旅途因為 COVID-19 而受阻後，便轉為慢性虧損。

就這樣，旅行業截至去年為止，有 2 年的時間都無法享受海外旅遊的商機，但是自從 2022 夏天開始，隨著 COVID-19 的規定放寬，將會重新找回活力的期待感正在逐漸形成。

旅遊業預估，7~8 月夏天旺季的海外旅遊情況將有所好轉。Modetour 表示：「隨著人們對於海外旅遊的心理逐漸恢復，預約洽詢也接連不斷。」濟州航空的夏天旺季預約率，在仁川—峴港／曼谷航線，寫下了 70~80% 的紀錄。濟州航空為了搶佔人們對於海外旅遊的需求，預計增加國際線航班。

韓國的海外旅遊是在 1989 年全面自由化的。在那之前，無法基於單純的觀光目的出國，一般人如果想去到海外，必須要有公司出差、留學、海外就業等特別的目的。

海外旅遊的自由化，是在 1983 年 1 月發放每年可使用 1 次的觀光護照之後才開始的，然而，那有著 50 歲以上的國民必須存放 200 萬韓幣（在銀行）1 年的條件，只不過是有限的自由化。

在那之後，隨著韓國因成功舉辦 1988 年首爾奧運而步入國際化時代，對海外旅遊的需求也開始增加，在 1987 年民主化以後，社會氛圍變得更加自由。同時，也終於實施了海外旅遊的全面自由化。在當時，接受安保教育是必要的，不過，由於海外旅遊的人數遽增，安保教育在 1992 年遭到了廢止。

單字

- **울상**（相）：哭喪著臉
- **경영난**（經營難）：經營困難
- **허덕이다**：掙扎、苦於
- **난국**（難局）：難關、困境
- **줄줄이**：接二連三、每排
- **수입원**（收入源）：收入來源
- **누리다**：享受、享有
- **성수기**（盛需期）：旺季
- **내다보다**：預估、預計、展望
- **선점**（先占）**하다**：搶佔、取得先機
- **예치**（預置）**하다**：存放、儲備
- **접어들다**：步入、踏上、臨近

延伸單字

01 여행인솔자 (旅行引率者) 領隊

여행인솔자는 여행지에 도착한 뒤 현지 가이드와 일정 , 코스 등을 상의를 하고 의견을 주고 받으며 여행을 진행하기 때문에 여행 일정 변경이 필요한 경우 여행인솔자의 동의가 필요하다 .

領隊在抵達旅遊地點後，會和當地導遊討論行程、路線等等，並且交流意見，一邊進行旅遊，所以如果需要變更旅遊行程，需要領隊的同意。

02 현지 가이드 (現地+guide) 當地導遊

현지 가이드는 여행객들의 공항 입국 , 호텔 투숙 , 관광지 등 여행에 필요한 전반 사항을 현지에서 관리하고 여행객들의 눈높이에서 현지 관광 명소를 설명한다 .

當地導遊在當地管理著旅客的機場入境、飯店住宿、觀光地等旅遊所需的一切事項，也會按照旅客的眼界高度，解說當地的觀光景點。

03 인바운드 (inbound) 入境旅遊

외국인을 대상으로 국내 관광을 진행하는 인바운드 관광사는 최근 정부의 국경 완화 정책 발표에 잔뜩 기대하고 있는 모양새다 .

以外國人為對象進行國內觀光的入境旅遊觀光公司，最近貌似滿心期待著政府的國境放寬政策發表。

04 아웃바운드 (outbound) 出境旅遊

세계 각국이 코로나 19 를 이유로 국경 봉쇄 및 항공편 축소 조치를 취하자 해외여행을 주도하는 아웃바운드 여행사들은 심각한 경영 위기에 빠졌다 .

世界各國因為 COVID-19 而採取封鎖國境及縮減航班的措施後，主導出境旅遊的出境旅遊旅行社陷入了嚴重的經營危機。

05 공항 코드 (空港+code) 航空代碼

국제항공운송협회 (IATA) 는 세계 각 공항마다 세 글자의 공항 코드를 부여했는데 , 예를 들어 공항 코드가 ICN 이면 인천국제공항을 의미한다 .

國際航空運輸協會（IATA）為全球各個機場賦予了三個字的航空代碼，舉例來說，航空代碼 ICN 代表仁川國際機場。

06 보딩패스 (boarding pass) 登機證

체크인을 하면 승차권과 같은 보딩패스를 받게 되는데 , 이 보딩패스는 여권과 함께 공항의 보안구역으로 들어 갈 때 보여줘야 합니다 .

如果辦理登機手續，就會拿到類似乘車券的登機證，進入機場的安檢區時，必須一同出示這張登機證和護照。

07 솔루션 (solution) 解決方案

많은 IT 업체들은 사후 서비스는 물론 고객의 요구에 따라 특정 상황에 대한 문제를 처리해 주는 솔루션을 제공하여 고객사가 관리 효율화 , 수익 증대 등을 달성할 수 있도록 도움을 준다 .

許多 IT 業者不僅提供售後服務，還會根據顧客的需求，提供幫忙處理特定情況問題的解決方案，幫助客戶達成管理效率化、收益增長等等。

08 콜센터 (call center) 客服中心

콜센터 업무는 성향이 다른 고객들을 대해야 하기 때문에 스트레스를 심하게 받는 업무 중 하나로 알려져 있으며 한국의 콜센터 이직률은 연간 약 22% 에 달한다는 통계도 있다 .

據瞭解，客服中心的工作必須面對不同傾向的顧客，所以是承擔許多壓力的工作之一，而且還有統計顯示，韓國的客服中心離職率約達一年 22%。

09 챗봇 (chatbot) 聊天機器人

최근 한국 일부 기업은 고객이 실시간으로 대화를 나눌 수 있는 인공지능 (AI) 프로그램 ' 챗봇 ' 을 고객서비스에 도입해 사진과 영상을 사용해 답함으로써 고객만족도를 극대화하고 있다 .

最近，韓國部分企業在顧客服務導入了能夠即時和顧客進行對話的人工智慧（AI）方案「聊天機器人」，藉由使用照片和影片回答，將顧客滿意度極大化。

10 비대면 서비스 (非對面+service) 非接觸式服務

코로나 19 의 집단 감염 사태로 인해 기존과 같은 상담 인력 운영이 어려워진 반면 비대면 서비스가 부상하면서 상담 수요는 급증했다 .

因為 COVID-19 的群聚感染情勢，要經營既有的洽談人力漸趨困難，但是相反地，隨著非接觸式服務崛起，洽談需求遽增。

IT 산업 통번역
IT 產業口筆譯

閱讀短文 45

　외국어 실력이 어느 정도 수준에 이른 사람들은 통번역 업무에 관심을 갖기 마련이다. 통역과 번역의 차이는 뭘까? 통역은 서로 다른 언어로 하는 말을 전달하는 것이지만 번역은 특정 언어로 된 글을 다른 언어로 옮기는 것이다. 즉, 통역은 말로, 번역은 글로 하는 것이다. 하지만 모두 두 가지 이상의 언어를 사용한다는 공통점으로 흔히 특별한 구분 없이 사용된다.

　통역은 현장에서 발화와 동시에 실시간으로 언어를 번역한다. 그렇기 때문에 통역사는 원어를 듣자마자 본래의 의미를 보존하되, 전체 맥락을 파악해 고객이 이해할 수 있도록 번역을 해야 한다. 이때 구어나 관용구는 물론 문화적 차이나 말속의 숨은 뉘앙스까지 재빨리 파악해야 한다. 그렇기 때문에 통역사에게 다양한 경험을 비롯해 기억력과 빠른 판단력이 요구된다.

　반면, 번역은 문자를 다루기 때문에 주로 컴퓨터를 도구 삼아 작업이 이루어진다는 특징이 있다. 정해진 기한 내에 고객이 완벽하게 이해할 수 있도록 번역을 해야 한다. 또한 통역보다 번역에서 정확성이 더 요구된다. 문자로 남기 때문이다.

　통번역 업무를 위해서는 번역해야 할 언어 및 대상 언어에 익숙해야 한다. 예를 들어 통번역 업무에서 원어가 중국어, 대상 언어가 한국어라면, 두 언어 모두 정확하게 구사할 수 있어야 한다. 아무리 원어를 잘 이해하고 있어도 전달되는 대상 언어의 사용이 부적절할 경우 오해를 불러일으킬 수 있기 때문이다.

　外語實力達到一定水準的人，總會對口筆譯工作感興趣。口譯和筆譯有什麼差別呢？口譯是傳達彼此用不同語言所說的話，而筆譯則是將特定語言寫成的文章轉換為另一個語言。也就是說，口譯是說話，而筆譯是行文。不過，它們的共通點是使用兩種以上的語言，所以經常不會特別進行區分。

　口譯是在現場說話的同時，即時進行語言的翻譯。因此，口譯員一聽到原文，就要保留它的原意，並且掌握整體脈絡，翻譯成客戶能夠理解的內容。這時不僅是口語或慣用語，也要迅速掌握文化差異或是言外之意。因此，口譯員需要各式各樣的經驗、記憶力與迅速的判斷力。

　另一方面，筆譯處理的是文字，因此擁有主要使用電腦工具進行作業的特徵。必須在指定期限內，完美地翻譯成客戶能夠理解的內容。而且筆譯比口譯更講求精準度，因為留下的是文字。

　要進行口筆譯工作，必須精通要翻譯的語言和目標語言。舉例來說，假如在口筆譯工作中，原始語言是中文，而目標語言是韓文，那就必須要能夠正確地使用這兩種語言。因為就算再怎麼瞭解原文，如果傳達出來的目標語言運用不當，就可能引發誤會。

單字

· **발화** (發話)：說話
· **실시간** (實時間)：即時
· **뉘앙스** (法語 nuance)：語感、意味
· **구사** (驅使) **하다**：使用、運用、駕馭

A：이번에 중화권 시장에 진출할 앱 번역 작업이 모두 끝났나요？

B：네，간체와 번체 모두 끝났습니다．오늘 오전에 외주 업체에서 완성본을 보내줬어요．

A：같이 확인 작업하시지요．

B：여기 클라우드에 있습니다．한번 보시지요．실은 조금 마음에 안 드는 부분이 있어서 노란색으로 표시해 두었습니다．

A：표시한 부분이 꽤 많네요．

B：네，한국과 문화적 차이가 다소 있어서 중국어 단어 선택이 쉽지 않아 보입니다．

A：전반적으로 큰 문제는 없어 보이는데，일부 표현이 한국어스러워요．어찌하면 좋을까요？

B：회사에 대만 직원이 있으니 수정 요청을 하는 게 가장 빠를 거 같습니다．

A：這次要進軍中華圈市場的 App 翻譯作業都完成了嗎？

B：是的，簡體和繁體都完成了，外包廠商今天上午已經把完成的稿件寄過來了。

A：一起確認一下吧。

B：在雲端的這裡，請您看一下，其實有些部分我不太滿意，所以我已經用黃色標起來了。

A：標示的部分相當多耶。

B：是啊，因為跟韓國多少存在著一些文化差異，所以中文的用字遣詞看起來也不容易。

A：整體看起來沒有大問題，但是部分用法有韓文翻譯腔，該怎麼辦才好？

B：公司有台灣員工，請他們修改，應該最快。

 47

V아/어 두다　V好、V起來

[說明]

동작을 한 뒤 그 상태를 계속 유지한다는 의미로 상태를 나타내는 동사를 넣어 사용한다．

「做完動作後，便一直維持著那種狀態」的意思，加入表示狀態的動詞使用。

[例句]

1. **통역을 잘하려면 사전에 배경지식을 잘 쌓아 두어야 해요．**

   想要口譯得好，就必須在事前把背景知識儲備起來。

2. **이곳은 최첨단 IT 장비들을 보관해 두는 스마트 창고입니다．**

   這裡是把最尖端 IT 設備保管起來的智慧倉庫。

정보기술 산업이라고도 불리는 IT 산업은 정보화된 시스템을 구축하기 위해 필요한 유형 또는 무형의 모든 기술과 수단을 말하는 광범위한 용어다 . 게다가 제 4 차 산업 혁명으로 인해 IT 산업은 인터넷 정보통신 기술 , 사물 인터넷 , 빅 데이터 , 인공지능 , 클라우드 컴퓨팅이 융합된 서비스를 비롯해 스마트 팩토리 , 클라우드 컴퓨팅 서비스 , 데이터 기반 서비스 등 플랫폼을 중심으로 기업 생태계가 조성되고 있다 .

이는 반도체 , 디스플레이 , 컴퓨터 , 휴대폰 등 첨단 기술이 집약된 하드웨어가 기반이 된다고 할 수 있다 . 또한 이러한 하드웨어를 운용하기 위해서는 목적에 맞는 소프트웨어의 개발도 필요하다 .

한국의 경우 소프트웨어 분야가 비교적 약한 것으로 알려져 있어 경쟁력을 강화할 필요가 있다는 목소리가 나온다 . 특히 가상 경제를 촉진시키는 메타버스는 빼놓을 수 없다 . 게임 및 소셜미디어에서 메타버스가 집중되고 있지만 향후 금융 , 의료 , 유통 , 건설 분야와도 융합하면서 가상 경제는 더욱 확대될 것으로 전문가들은 예측했다 .

미국 정보기술 자문회사 가트너가 발표한 자료에 따르면 , 2022 년 한국의 IT 전체 투자 금액이 전년 대비 8.8% 증가한 100 조 961 억 원에 달할 것이라고 내다봤다 . 그중에서 한국 소프트웨어 분야에 대한 투자 금액은 전년보다 15.9% 증가한 10 조 1595 억 원에 달할 것이라고 밝혔다 .

가트너는 한국 IT 전체 시장에서 소프트웨어 투자 금액이 10.1% 밖에 되지는 않지만 소프트웨어 투자 증가율이 가장 높은 것으로 나타났다며 소프트웨어가 한국 IT 산업 중에서 가장 빠르게 성장하는 분야가 될 것이라고 밝혔다 .

가트너는 2023 년 한국 IT 산업의 투자 전망에서 국내 IT 전체 투자 금액은 2022 년보다 1.4% 감소한 98 조 7313 억 원이 되지만 , 소프트웨어 투자 금액이 10 조 9220 억 원으로 늘어날 것으로 내다봤다 .

일례로 , 2021 년 정보기술 (IT) 역량을 끌어올릴 'ICT 혁신본부 ' 를 신설한 현대자동차는 2022 년 5 월 향후 소프트웨어 인력 1 만 명을 뽑겠다고 밝히면서 자율주행 및 인공지능 분야 개발에 박차를 가했다 .

又被稱為資訊技術產業的 IT 產業是個廣義的用語，它指的是打造資訊化系統所需的一切有形或無形的技術與手段。再加上因為第 4 次產業革命的關係，IT 產業以融合網路資訊及通訊科技技術、物聯網、大數據、人工智慧、雲端運算的服務，以及智慧工廠、雲端運算服務、數據導向服務等平台為中心，正形成一個企業生態界。

這可謂是半導體、面板、電腦、手機等尖端技術集結的硬體基礎，而且為了運用這種硬體，也需要開發符合目的的軟體。

據了解，韓國在軟體領域相對疲弱。因此，有意見指出，韓國需要強化競爭力，尤其不能少了促進虛擬經濟的元宇宙。雖然元宇宙目前集中在遊戲及社群軟體，但是專家預測，元宇宙日後也會與金融、醫療、物流、建設領域結合，虛擬經濟將會擴大。

根據美國資訊技術諮詢公司高德納公布的資料，預估 2022 年韓國的 IT 整體投資金額將較前一年增加 8.8%，達到 100 兆 961 億韓幣。其中也指出，投資在韓國軟體業領域的金額，將較前一年增加 15.9%，達到 10 兆 1595 億韓幣。

高德納指出，雖然在韓國整體 IT 市場中，投資在軟體的金額只有 10.1%，但是投資軟體的增加率卻是最高的，而且軟體將成為韓國 IT 產業中，成長最快的領域。

高德納預估，在 2023 年韓國 IT 產業的投資展望當中，國內 IT 整體投資金額將會是 98 兆7313 億韓幣，較 2022 年減少了 1.4%，不過投資在軟體的金額將成長至 10 兆 9220 億元。

舉個例子，現代汽車在 2021 年新設立提升資訊技術（IT）能力的「ICT 核心本部」，預計在 2022 年 5 月過後錄取 1 萬名軟體人才，也加緊了腳步，開發自動駕駛與人工智慧領域。

單字

· **광범위**（廣範圍）**하다**：廣義的、大範圍的

· **사물 인터넷**（事物 +Internet）：物聯網

· **클라우드**（cloud）：雲端

· **융합**（融合）**되다**：融合、融入

· **디스플레이**（display）：面板

· **운용**（運用）**하다**：運用、使用、操作

· **소프트웨어**（software）：軟體

· **메타버스**（metaverse）：元宇宙

· **자문**（諮問）：諮詢

· **일례**（一例）：一個例子

· **자율주행**（自律走行）：自動駕駛

· **박차를 가하다**：加緊腳步

01 동시통역 (同時通譯) 同步口譯

대부분의 국제회의는 동시통역으로 진행되는데 , 이때 동시통역사는 통역 시 사용하는 어휘와 표현에 각별히 신경 써야 합니다 .

大部分的國際會議都是以同步口譯進行，這時候，同步口譯師在口譯時，必須特別注意遣詞用字。

02 순차통역 (順次通譯) 逐步口譯

순차통역은 동시통역보다 더 매끄럽고 자연스러운 문장으로 통역해야 한다는 특징이 있다 .

逐步口譯有著必須翻譯得比同步口譯還要通順和自然的特徵。

03 소스 문서 (source+文書) 原始文件

번역가가 번역할 문서에 대한 성격을 파악하고 번역에 소요되는 시간을 계산할 수 있도록 번역 의뢰자는 소스 문서를 일찍 제공하는 것이 좋습니다 .

為了讓譯者掌握要翻譯的文件的文風，並計算翻譯所需時間，建議翻譯委託人提早提供原始文件。

04 타겟 문서 (target+文書) 目標文件

고품질의 번역 여부는 타겟 문서에 쓰인 어휘와 표현을 통해 바로 파악할 수 있다 .

翻譯品質高不高，可以直接透過目標文件當中使用的詞彙和措辭得知。

05 직역 (直譯) 直譯

많은 번역물들을 보면 직역에만 의존한 모습을 볼 수 있는데 , 이렇게 소스 문서의 원문 단어 하나하나에 초점을 맞춰 그대로 번역하면 시대나 문화를 반영하는 데 한계가 있다 .

如果檢視許多翻譯作品，都可以看到只依賴直譯的樣子，但是如果就這麼把焦點擺在原始文件的每一個原文詞彙，直接照翻的話，要反映出時代或文化還是有限的。

06 의역 (意譯) 意譯

번역에 무지한 사람들은 타겟 문서 상의 의역한 내용을 두고 오역이라고 오해하기 십상이므로 이들에게 의역한 부분에 대한 충분한 설명을 해줘야 오해를 사지 않는다 .

不懂翻譯的人，很容易誤以為目標文件上意譯的內容是誤譯，因此必須向這些人充分說明意譯的部分，才不會造成誤會。

07 요율 (料率) 費率

번역의 단위 가격을 뜻하는 요율은 보통 소스 문서의 단어당 가격을 말하지만 글자당 , 페이지당 가격을 말하기도 해요 .

意指翻譯單價的費率，通常代表的是原始文件的每單字價格，不過有時也代表每字或每頁的價格。

08 라이선스 (license) 授權

최근 한국 회사는 일본 유명 회사에 자사의 ERP 솔루션 시스템 공급 협상에 성공하면서 라이선스 계약을 체결해 화제를 모은 것으로 유명하지요 .

最近，韓國公司成功和日本知名公司進行供應自家 ERP 解決方案系統的協商後，因為簽訂授權合約並引起話題而出名。

09 아카이브 (archive) 歸檔

아카이브는 손상 또는 손실을 대비해 저장하는 백업과 다른 말로 참고용으로 생성한 데이터 사본을 저장하는 것으로 가치가 있는 것들이 그 대상이 된다 .

歸檔和為了防範損傷或損失而儲存的備份不同，是將產出的資料複本儲存起來作為參考，有價值的東西便會成為歸檔的對象。

10 개방형 데이터 (開放型+data) 開放資料

개방형 데이터는 모두가 사용할 수 있도록 공개된 자료를 말하는데 주로 비영리 기관이나 단체들이 제공하기 마련이다 .

開放資料指的是開放給所有人使用的資料，往往主要由非營利機構或是團體提供。

05
뷰티/미용산업 마케팅
美容產業行銷

마케팅 직무의 영역은 너무나도 광범위하다 . 마케팅은 제품이나 서비스를 통해 가치를 만들어 내고 고객과의 소통을 통해 회사에 이익이 되는 방향으로 고객관계를 관리하는 모든 과정을 말한다 . 그렇기 때문에 마케팅은 기업 활동에 있어 다양한 부분을 포괄한다고 할 수 있다 . 따라서 어떤 회사에서 마케팅 업무를 하게 된다면 소비자의 수요를 파악하고 회사의 제품이 그들에게 어떤 가치를 심어 줄지를 고민하면서 상품 브랜드의 가치를 높이기 위해 여러 전략을 수립해야 한다 .

보통 마케팅 업무는 상품 자체만을 관리하는 프로덕트 매니저 , 브랜드 이미지를 관리하는 브랜드 매니저에서 광고홍보 및 고객과 커뮤니케이션 활동 업무에 이르기까지 다양하게 세분화된다 . 게다가 디지털 시대에 접어들면서 마케팅은 SNS 관리는 물론 콘텐츠 기획 , 빅데이터 분석 등 새로운 마케팅 극대화를 위한 방법들이 다양한 형태로 나타나고 있다 .

마케팅 업무는 성과가 눈에 보이는 경우가 대부분이라서 성취감을 쉽게 느낄 수 있으며 이를 바탕으로 이직할 때도 포트폴리오가 될 수 있다 . 반면 , 유에서 무를 창조해야 하는 고통이 수반되기에 넘쳐나는 일로 워라밸을 지키기가 힘들다 . 또한 제품 판매 실적이 좋지 않을 때도 마케팅 업무 담당자인 마케터가 책임을 져야 하는 경우도 많다 .

行銷職務的領域範圍非常廣。行銷指的是透過產品或服務創造出價值，並透過與顧客溝通，朝著公司獲利的方向管理顧客關係的一切過程。所以，行銷在企業活動中，可以說是包山包海。因此，如果到某間公司負責行銷工作，就必須掌握消費者的需求、思考公司的產品會為他們帶來何種價值，並為了提升商品品牌的價值，而制定各種策略。

一般的行銷工作，從只管理商品本身的產品經理、管理品牌形象的品牌經理，到廣告宣傳及與顧客互動的工作，細分成很多種。而且隨著進入數位時代，行銷不只有社群軟體經營，內容規劃、大數據分析等等把行銷效果放到最大的新方法，正以多元的型態出現。

行銷工作大部分都看得到成果，所以很容易感受到成就感，而且在離職時，也能夠以此為基礎，製作作品集。相反地，它伴隨著必須從無到有進行創造的痛苦，爆炸的工作量讓人難以維持工作與生活的平衡。而且，產品銷售業績不好的時候，負責行銷工作的行銷人員必須負起責任的情況也很常見。

單字

· **포괄** (包括) **하다**：包括、總括

· **프로덕트** (product)：產品

· **세분화** (細分化) **되다**：細分

· **포트폴리오** (portfolio)：作品集

· **수반** (隨伴) **되다**：伴隨、隨同

· **마케터** (marketer)：行銷人員

A : 이번에 저희 회사 신제품이 나왔는데 , 샘플 좀 드릴 테니 한번 써 보세요 .

B : 어떤 제품이죠 ?

A : 피부 보습영양 크림인데요 . 지난해 출시한 제품에 비하면 기름기도 덜하고 향기도 좋아졌어요 .

B : 지난해 나온 제품은 제가 구매해 사용해봤는데 , 바르고 나니까 좀 번들거리더라고요 .

A : 이번 출시한 제품은 다른 회사 제품에 비해 가격도 착하고 , 대만 소비자들의 반응도 상당히 좋습니다 .

B : 이 제품이 대만에서도 인기가 좋다고요 ?

A : 그럼요 , 덥고 습한 날씨에도 촉촉하고 탄력 있는 피부를 유지할 수 있다며 대만 고객님들의 칭찬이 자자한 걸요 .

B : 오 , 그럼 일단 샘플 좀 많이 줘 보세요 . 써 보고 저도 구매할게요 .

A：敝公司這次推出了新產品，我給你一些樣品，請你試用看看。

B：是什麼樣的產品？

A：皮膚保濕營養乳霜，比去年上市的產品不油，香味也比較好聞。

B：去年推出的產品我有買來用過，抹完覺得滿光滑的。

A：這次上市的產品，價格比其他公司的產品親民，台灣消費者的反應也相當好。

B：你說這款產品在台灣也很受歡迎嗎？

A：是啊，台灣的客人紛紛稱讚說，在溼熱的天氣下，還是可以保持水潤又有彈性的肌膚呢。

B：哦，那你先多給我一些樣品吧，我試用看看再去買。

文法 52

N에 비하면/N에 비해서　相較於N/比起N

[說明]

대상의 차이를 말할 때 사용하는 표현으로 'N 보다 ' 로 바꿔 쓸 수 있으며 문장에는 차이에 대한 내용이 언급되어야 한다 .

這是講述對象的差異時使用的說法，可以用「N 보다（比起 N）」替換，而且句中必須提到和差異有關的內容。

[例句]

1. 소비성 제품을 생산하는 기업들은 고객을 하나하나 응대하는 **다이렉트 마케팅에 비해** 드라마 속 소품으로 협찬해 등장시키는 간접광고 (PPL) 방식을 선호하는 경향이 있다 .

   生產消費性產品的企業，相較於逐一應對客人的直接行銷，更趨向於偏好贊助成為劇中道具登場的間接廣告（PPL）方式。

2. 매장에서 제품을 판매하는 업무는 마케팅 캠페인을 실행하는 **업무에 비하면** 단순하다고들 한다 .

   人們都說，在賣場販售產品的工作，比執行行銷活動的工作單純。

한국에서는 자국에서 제조된 화장품 제품과 산업을 두고 'K- 뷰티 ' 라는 말을 사용하고 있다 . 이는 마치 한국 대중음악을 'K- 팝 ', 한국 음식을 'K- 푸드 ' 로 부르는 것과 마찬가지라고 할 수 있다 .

한국의 화장품은 세계 5 위 수준으로 알려져 있다 . 산업통상부가 2021 년 9 월 초 발표한 자료에 따르면 한국은 2005 년 이후 매년 화장품 수출액이 최고치를 찍었고 , 여기에 힘입어 화장품 수출 5 위국에 올랐다 . 특히 중국 , 미국 , 일본에 대한 수출이 눈에 띄게 늘었다 . 각각 전년 대비 14.9%, 19.1%, 18.9% 성장했다 .

전문가들은 유튜브 , SNS 등 다양한 마케팅 채널을 통해 K- 뷰티에 대한 관심과 선호도가 확대됐고 , 한국에 대한 깨끗한 이미지 , 안전한 기술력에 대한 신뢰가 브랜드 이미지에 긍정적인 영향을 미쳤다고 분석하기도 했다 .

한국에서는 인류 역사가 발전하며 함께 발전한 화장품 산업을 두고 미래에도 지속적으로 발전 가능한 문화산업이자 고부가가치 산업으로 여기며 국가브랜드 이미지 제고에 크게 기여할 수 있다고 보고 있다 . 또한 인구 고령화와 삶의 질에 대한 인식 변화로 수요 증가 추세 및 지속적인 규모의 성장이 예측된다 .

한국 화장품 산업은 해방 이후 줄곧 성장세를 걷고 있다 . 통계에 따르면 , 1960 년대 초반 생산액 1 억 원에 불과했던 한국 화장품 시장은 2015 년말에 이르러 12 조 6 천억 원에 달하면서 세계 10 위권 규모로 도약했다 . 하지만 한국의 화장품 산업은 우여곡절을 겪었다 .

1960 년대의 경우 소비자를 직접 방문해 판매하는 유통 방식이 주류를 이루었고 , 수입자유화가 시행되기 이전 시기였던 만큼 1980 년대 이르러 한국산 화장품이 내수시장의 80% 이상을 차지하기도 했다 . 해외제품과 경쟁이 없었던 것이다 .

1980 년대 이후 컬러 TV 가 보급되면서 색조 화장품 시장이 급속도로 커짐에 따라 화장품 업체간의 경쟁도 치열해졌다 . 업체들은 국내외 정상급 여배우를 모델로 삼으며 고객 유치에 나섰다 .

1990 년대 대형마트의 등장으로 유통구조가 다변화되고 , 백화점들의 수입 화장품 판매 전략으로 경쟁은 더욱 격화되었다 . IMF 금융위기로 인해 상당히 많은 한국내 중소형 화장품 제조사들이 문을 닫게 됐다 .

2000 년대에 이르러 미샤 , 더페이스샵 등 저가격 고품질을 앞세운 저가 화장품 브랜드들이 등장하면서 화장품 시장의 판도를 바꿔 버렸고 , 기존 화장품 업체들은 수입제품과 경쟁할 수 있는 고급화 전략을 비롯해 중저가 브랜드를 출시하는 등 화장품의 다양화 시대를 열었다 .

韓國使用「K-Beauty」這種說法代表在本國製造的化妝品產品和產業，這可以說是和稱大眾音樂為「K-Pop」、稱韓國食物為「K-Food」一樣。

韓國的化妝品號稱有全球第 5 名的水準。根據產業通商部在 2021 年 9 月初公布的資料，韓國在 2005 年過後，每年的化妝品出口額都創下新高，也受此影響，登上了化妝品出口第 5 名的國家。特別是對中國、美國、日本的出口都有明顯增加，相較於前一年，各自成長了 14.9%、19.1%、18.9%。

專家也分析，經由 YouTube、社群軟體等多元行銷管道，人們對於 K-Beauty 的關注與偏好度擴大，而且對於韓國的乾淨形象與安全的技術能力的信任，對品牌形象造成了正面的影響。

韓國把與人類歷史一同發展的化妝品產業，視為未來也可以持續發展的文化產業兼高附加價值產業，並認為它可以對國家品牌形象的提升大有貢獻。而且，在人口高齡化，以及對於生活品質的認知變化下，需求增加的趨勢以及持續的規模成長是可預期的。

韓國化妝品產業在解放以後，就一直呈現成長趨勢。統計顯示，1960 年代初期的產值僅有 1 億韓幣的韓國化妝品市場，到了 2015 年底，產值達到 12 兆 6 千億韓幣，躍居世界前 10 名的規模。不過，韓國的化妝品產業遭遇了一番波折。

在 1960 年代，直接拜訪消費者進行兜售的流通方式是主流，到了施行進口自由化以前的時期——1980年代，韓國製化妝品佔據了內需市場的 80% 以上。當時並沒有與外國產品的競爭。

1980 年代以後，隨著彩色電視普及、彩妝市場急速擴大，化妝品業者之間的競爭也愈發激烈。業者紛紛開始讓國內外的頂級女演員擔任代言人，吸引顧客。

1990 年代，在大型賣場的登場下，流通結構有了很大的變化，百貨公司的販售進口化妝品策略導致競爭加劇。由於 IMF 金融危機，相當多的韓國中小型化妝品製造商都倒閉了。

到了 2000 年代，MISSHA、菲詩小舖等等打著低價格、高品質名號的低價化妝品品牌登場，改變了化妝品市場的版圖，而原有的化妝品業者，則是祭出能夠與進口產品競爭的高級化策略、推出中低價品牌等等，開啟了化妝品的多元化時代。

> **單字**
>
> ・**자국**（自國）：本國
> ・**최고치**（最高值）：最高點、巔峰
> ・**힘입다**：受此影響；得到幫助
> ・**선호도**（選好度）：偏好度、喜愛度
> ・**기여**（寄與）**하다**：貢獻
> ・**성장세**（成長勢）：成長趨勢
> ・**도약**（跳躍）**하다**：躍起、跳躍
> ・**우여곡절**（迂餘曲折）：一番波折、坎坷
> ・**컬러**（color）**TV**：彩色電視
> ・**보급**（普及）：擴大、推廣、普及
> ・**색조화장품**（色調化粧品）：彩妝品
> ・**정상급**（頂上級）：頂級、尖端
> ・**판도**（版圖）：版圖、格局、局勢

01 어뷰징 (Abusing) 濫用、作弊

어뷰징 행위로 인해 특정 브랜드 이름이 인기 검색어 상위권에 노출되거나 관련 콘텐츠가 검색 상위에 노출될 수 있다는 것은 누구나 다 아는 사실이라고요 .

藉由作弊行為，有機會讓特定品牌名稱在熱搜關鍵字前段曝光，或是讓相關內容在搜尋前段曝光，是眾所皆知的事實。

02 노출 (露出) 하다 曝光

마케팅 전문가들은 광고가 어디에 어떻게 노출하고 관리하느냐에 따라 매출액의 차이도 클 수밖에 없다고 말하던데요 .

一些行銷專家表示，根據廣告曝光的位置和操作方式，銷售額的差距也必定很大。

03 도달 (到達) 觸及

광고 용어에서 건 단위로 계산되는 노출과 명 단위로 계산되는 도달은 엄연히 다른 개념이라고 할 수 있다 .

在廣告用語中，以次數為單位計算的曝光，還有以人數為單位計算的觸擊，顯然可說是不同的概念。

04 체류 시간 (滯留時間) 停留時間

부장님은 각 마케팅 채널에서 사용자들의 체류 시간이 길수록 제품이나 서비스에 대한 관심도 높을 수 있다고 말씀하셨어요 .

部長說，使用者在各個行銷管道的停留時間越長，對產品或服務的關注也可能越高。

05 표적시장 선정 (標的市場選定) 目標市場選擇

이번 마케팅 활동에서 표적시장 선정 실패의 주요 원인은 모든 사람들을 만족시키고자 했다는 점이에요 .

在這次的行銷活動中，選定目標市場失敗的主要原因，就是想讓所有人都滿意的這一點。

06 마케팅채널 (Marketing Channel) 行銷管道、行銷通路

마케팅채널이 다양할수록 잠재 고객이 자사 상품을 접할 가능성이 더욱 높아지기 때문에 많은 회사들은 기술의 발달로 다양화된 디지털 마케팅에 투자를 아끼지 않고 있다 .

行銷管道越多元，潛在顧客接觸到自家商品的可能性也越高，因此許多公司在技術的發達下，對於多樣化的數位行銷，投資毫不手軟。

07 입소문 마케팅 口碑行銷

바이럴 마케팅이라고 불리는 입소문 마케팅에 성공하려면 무엇보다도 소비자들의 경험이 큰 영향을 미치기 때문에 기본적으로 제품의 질이 뛰어나야 한다 .

若要在又被稱為病毒行銷的口碑行銷成功的話，因為消費者的經驗會造成最大的影響，所以基本上，產品的品質必須優良才行。

08 임베디드 마케팅 (Embedded Marketing) 置入性行銷

간접광고의 대표적인 형태인 임베디드 마케팅은 드라마나 영화 등에서 소품의 형태로 자주 접할 수 있어요 .

置入性行銷是型態具代表性的間接廣告，經常可以在戲劇或電影等當中，以道具的型態接觸到。

09 다이렉트 마케팅 (Direct Marketing) 直接行銷

일대일 (1:1) 로 수행하는 다이렉트 마케팅은 특정 고객 정보를 확보하여 맞춤 서비스를 제공하는 것이 무엇보다 중요하다고 한다 .

聽說一對一執行的直接行銷，最重要的就是獲取特定顧客的資訊，提供個人化服務。

10 니치마케팅 (Niche Marketing) 利基行銷

최근 적지 않은 중소기업들은 포화된 시장 속에서 살아남기 위해 특정한 성격의 소비자만을 타겟팅하는 니치마케팅 전략으로 매출을 극대화하고자 한다 .

最近不少中小企業為了在飽和的市場中生存下來，想採用只鎖定特定個性消費者的利基行銷策略，將銷售額極大化。

06

무역업 구매관리
貿易業採購管理

제조업 등에 속한 기업에서는 필요한 원자재나 부자재를 전략적으로 조달해야 한다. 이에 대한 업무를 구매관리라고 한다. 단순하게 물건을 사는 업무가 아니다. 보통 협력업체에서 제품 생산에 필요한 자재를 수급해서 생산라인에 공급한다.

인사담당부서가 회사에 적합한 최고의 인재를 확보하고 관리를 한다면 구매관리 업무는 최적의 가격으로 최고의 품질로 생산에 필요한 자재를 적시에 확보하는 것이라 할 수 있다. 구매관리자는 회사의 특성이나 직급에 따라 다를 수 있지만 주로 업체를 선정하고, 구매 단가 관리, 구매 자재에 대한 재고 관리, 발주 등을 관리하는 등의 업무를 담당한다.

특히, 이 직무에서는 QCD 를 달성하기 위한 제품의 사양, 시장조사 등에 대한 분석 능력, 다양한 유관 부서 및 여러 협력사와 소통하는 능력, 예상하지 못한 돌발 상황에 대한 문제해결 능력 등이 요구된다. QCD 는 품질 (Quality), 비용 (Cost), 납품 (Delivery) 을 의미한다. 또한 제품의 원가 관리에도 중요한 역할을 한다. 구매 물품에 대한 원가 파악과 유통구조를 이해하고 있는 것이 해당 업무에 도움이 되므로 다양한 분야에 대한 지식을 습득하고 공급자와의 협상력을 키우기 위해 노력해야 한다.

在屬於製造業等的企業中，必須有策略地調配所需的原料或輔助材料，與此相關的工作即為採購管理。這並非只是單純地購買物品，一般向合作廠商領取產品生產所需的材料，再供應給生產線。

假如負責人事的部門要獲取與管理適合公司的頂尖人才，採購管理工作就能夠說是，在最佳的價格、最棒的品質下，及時獲取生產所需的材料。採購管理者雖然可能因公司特性或職階而異，不過主要負責選定廠商、管理購買單價、管理購買材料的庫存、管理訂單等等的工作。

這份職務特別講求的是，關於達成QCD 的產品規格、市場調查等等的分析能力、和各種相關部門及諸多合作廠商溝通的能力、遇到始料未及的突發狀況時，解決問題的能力等等。QCD 代表的是品質（Quality）、費用（Cost）、交貨（Delivery），而且它在產品的成本管理中，也扮演著重要的角色。掌握購買物品的成本和理解流通結構，都對於該工作有幫助，所以必須努力學習各種領域的知識，並且壯大與供給者的協商能力。

單字

· **속** (屬) **하다** : 屬於
· **원자재** (原資材) : 原料
· **조달** (調達) **하다** : 調配、籌措、協調

· **협력업체** (協力業體) : 合作企業、合作廠商
· **적시** (適時) : 及時、適時
· **사양** (仕樣) : 規格、結構

A：대만 협력사로부터 발주서 받으셨나요？주문한 수량이 얼마나 되죠？

B：발주서를 받기는 했는데, 총 수량이 명시되어 있지 않습니다. 로트별로만 기재되어 있습니다.

A：그 회사가 보통 총 주문량에 대해 기재하지 않습니다. 로트별로 나누어 납품을 원하거든요. 로트별 수량을 합산해서 확인 한번 하세요.

B：이렇게 하는 특별한 이유가 있나요？일괄 납품을 하는 게 시간이나 비용면에서 훨씬 효율적일텐데요. 게다가 요즘은 물류 대란으로 납품이 지연되기 마련이잖아요.

A：그래서 2년 전부터 최종 계약서에 조항을 하나 넣었어요. 납품 지연 시 위약금을 청구하지 않겠다는 내용으로요.

B：네, 그럼 확인 한 번 더 하고 그대로 진행하겠습니다.

A：接到台灣合作廠商的訂單了嗎？訂購的數量大概是多少？

B：訂單是已經接到了，但是上面沒有標明總數量。只有按照批次填寫。

A：那間公司通常不會填寫訂購的總量，因為它希望分批交貨。請你統計各批數量，確認一下。

B：這麼做有什麼特別的原因嗎？整批一起交貨，在時間和費用層面都比較有效率吧？而且最近因為物流大亂的關係，交貨勢必會延遲。

A：所以從 2 年前開始，最終合約書就新增了一項條款，寫延遲交貨時，不會索求違約金。

B：好的，那我再確認過一次，就會照這樣進行。

文法 57

V기 마련이다　勢必會V

[說明]
어떤 일이 발생하거나 그 상태가 되는 것이 당연하다는 것을 나타내거나 일반적인 사실이나 현상을 나타낼 때 사용한다. 보통 주어는 '개인'이 오지 않는 것이 특징이다.
在表示「某件事之所以發生或成為那種狀態是理所當然的」，或表示某種通俗的事實或現象的時候使用，特徵是主語通常不是「個人」。

[例句]
1. 국제 유가와 원자재 가격이 상승하면 완제품 가격도 오르기 마련이다.
   如果國際油價和原料價格上升，成品的價格也勢必會上漲。

2. 많은 제조사들은 자사 제품의 품질을 보증하기 위해 자체 검수는 물론 공인된 국제 기관의 인증을 받기 마련이다.
   許多製造商為了保障自家產品的品質，不僅一定會進行自我檢驗，也會取得公認的國際機構的認證。

한국이 2022 년 3 개월 넘게 무역 적자를 맞이할 것으로 알려졌다 . 국제 원자재를 비롯해 석유 , 석탄 , 가스 등 에너지 가격이 고공행진을 하는 바람에 영향을 받았기 때문이다 . 무역은 한국 경제의 원동력으로 꼽힌다 .

올해 3 월부터 무역 적자의 조짐을 보인 후 5 월까지 무역 적자가 계속됐고 , 6 월도 연속 적자를 이어가면서 3 개월 이상 연속 적자 행보를 보일 것이라는 관측이 나온다 .

관세청이 발표한 통계에 따르면 , 2022 년 6 월 10 일까지 누적 무역 적자는 총 138 억 2200 만 달러다 . 월별로 보면 1 월부터 3 월까지 각각 47 억 4 천만 달러 , 9 억 달러 , 2 억 1 천만 달러로 흑자를 기록했지만 4~5 월은 25 억 1000 만 달러와 17 억 1000 만 달러씩 적자를 기록했다 . 이어 6 월 1~10 일까지 무역 수지는 59 억 9500 만 달러의 적자를 보였다 . 3 개월 이상 무역 수지 적자를 보인 것은 금융위기 때였던 2008 년 6~9 월 이후 14 년 만이다 .

이러한 무역 적자 현상은 수출이 부진한 탓이 아니다 . 수입액이 급증했기 때문이다 . 올해 1 월부터 6 월 10 일까지 수출 누적액은 3076 억 8300 만 달러로 집계됐다 . 이는 전년 동기에 비해 15.8% 증가한 것이다 . 그러나 같은 기간 동안 수입액은 전년 동기 대비 26.9% 늘어난 3215 억 500 만 달러로 수출액을 넘어섰다 .

이는 국제 원자재 및 에너지에 대한 수입 의존도가 높은 한국이 국제 가격 상승의 여파를 크게 받았기 때문이다 . 특히 원유 , 가스 , 석탄 등 3 대 에너지 수입액이 크게 늘었다 . 원유 , 가스 , 석탄의 수입액은 전년 대비 84.0%, 60.4%, 321.3% 나 늘었다 . 그 밖에 반도체와 석유제품의 수입액도 각각 32.3%, 40.6% 씩 증가했다 .

일부 경제학자는 2022 년 연말까지 무역 적자가 계속될 것이라며 우크라이나 사태가 안정되고 , 유가 하락으로 에너지 수급에 대한 불안감이 해소된다면 한국의 무역도 반등할 기회가 있다고 내다봤다 .

한국과 대만의 무역은 어떨까 ? 대만은 한국의 10 대 교역 대상국 중 하나다 . 2019 년 기준으로 대만은 한국의 6 번째 수출 대상이자 8 번째 수입 대상으로 나타났다 . 당시 한국의 대 [對] 대만 수입액은 157 억 1600 만 달러 , 수출액은 156 억 5800 달러로 집계됐다 .

據悉，韓國在 2022 年即將迎來超過 3 個月的貿易逆差。這是因為包含國際原料在內，石油、煤炭、瓦斯等能源價格居高不下，而受到了影響。貿易被評為韓國經濟的原動力。

自從今年 3 月開始看見貿易逆差的徵兆後，便有人預測，貿易逆差將持續至 5 月，而且 6 月也會繼續連續逆差，呈現 3 個月以上的連續逆差發展。

根據關稅廳發布的統計，截至 2022 年 6 月 10 日為止，累計貿易逆差一共是 138 億 2200 萬美元。如果按月來看，從 1 月到 3 月，分別寫下了 47 億 4 千萬美元、9 億美元、2 億 1 千萬美元的順差紀錄，但是 4~5 月則是寫下了 25 億 1000 萬美元和 17 億 1000 萬美元的逆差紀錄。接著，6 月 1~10 日的貿易收支，呈現了 59 億 9500 萬美元的逆差。自從 2008 年 6~9 月的金融危機過後，已經 14 年沒有呈現出 3 個月以上的貿易收支逆差了。

這樣的貿易逆差現象，並非是出口不振所致，而是因為進口金額遽增。從今年 1 月到 6 月 10 日為止，累計出口金額總計為 3076 億 8300 萬美元，相較於前一年的同一時期，增加了 15.8%。然而，同一段時間的進口金額，卻是較前一年的同一時期增加 26.9% 的 3215 億 500 萬美元，超出了出口金額。

這是因為，對國際原料及能源的進口依存度高的韓國，大幅受到了國際價格上升的影響。尤其是原油、瓦斯、煤炭等 3 大能源的進口金額大幅增加。原油、瓦斯、煤炭的進口金額，分別較前一年上升了 84.0%、60.4%、321.3%。除此之外，半導體與石油產品的進口金額，也各自增加了 32.3% 和 40.6%。

部分經濟學者評估，貿易逆差將持續至 2022 年年底，若烏克蘭局勢穩定、油價下降，讓人們對能源供給的不安獲得緩解，韓國的貿易也有機會反彈。

那韓國與台灣的貿易如何呢？台灣是韓國的 10 大交易對象國之一。以 2019 年為基準，台灣是韓國的第 6 大出口對象，也是第 8 大進口對象。當時，韓國對台灣的進口額總計是 157 億 1600 萬美元，出口額則是 156 億 5800 萬美元。

單字

- **맞이하다**：迎來、迎接
- **고공행진**（高空行進）：居高不下、持續在高點
- **조짐**（兆朕）：徵兆、預兆
- **행보**（行步）：發展、步伐
- **관측**（觀測）：預測、觀察
- **누적**（累積）：一共、累積
- **부진**（不振）**하다**：不振、不景氣
- **여파**（餘波）：影響、衝擊
- **우크라이나**（Ukraine）：烏克蘭
- **유가**（油價）：油價
- **교역**（交易）：交易、貿易

01 납품 (納品) 交貨

주문한 원자재에 대한 납품이 지연되면서 납품 확인서 발급도 늦어졌습니다 .

隨著訂購的原料交貨延遲，交貨確認單的發放也耽擱了。

02 수급 (需給) 供需

최근 코로나 19 대유행과 러시아와 우크라이나 전쟁으로 인해 물류 수급에 차질이 생기는 바람에 소비재 가격이 급증하는 현상을 보였다 .

最近因為 COVID-19 大流行，還有俄羅斯與烏克蘭的戰爭，物流供需出了差錯，呈現出消費品價格遽增的現象。

03 발주 (發注) 訂貨

발주를 할 때 정확한 의사표현으로 간단하고 명료하게 발주서를 작성해야 함을 기억하세요 .

在訂貨的時候，請記得一定要用精準的意思表示，簡單明瞭地撰寫訂購單。

04 수주 (受注) 接受訂貨

최근 조선업은 장기 불황으로 인해 저가 수주 경쟁을 벌이고 있는 가운데 인건비 상승과 원자재 가격 등으로 인해 고민에 빠졌다 .

最近造船業由於長期不景氣，正展開低價接單競爭，卻因為人事費用的上升、原料價格等而陷入苦惱。

05 수불 (受拂) 收付

원가 결산에 있어 재고자산 수불 계산은 기본이기 때문에 수불 관리가 무엇보다 중요하다고 할 수 있습니다 .

在成本結算中，計算存貨資產的收付是基本的，所以收付管理可說是比什麼都重要。

06 입고 (入庫) 進貨

제품 판매자는 고객이 주문한 상품의 입고가 지연될 경우 사전에 미리 통보하는 것이 일반적입니다 .

一般來說，產品賣家在顧客訂購的商品延遲進貨時，會提早進行通知。

07 수입검사 (輸入檢查) 進料檢驗、進貨檢驗

원재료나 외주 제품 등을 입고할 때 협력업체로부터 요구한 기준에 맞는 품질의 물품이 입고되었는지를 확인하는 수입검사는 보다 완벽한 품질의 제품 생산을 위해 꼭 필요한 과정이다 .

在原料或委外製作的產品等進貨的時候，檢查進貨的物品品質是否符合合作廠商要求標準的進貨檢驗，是為使產品的生產品質更臻完美而必經的過程。

08 전수검사 (全數檢查) 全數檢驗

제품 제조 과정에서 만들어진 반제품을 다음 과정으로 이동하기 전에 공정검사가 실시되는데 이때 전수검사나 샘플링 검사를 실시합니다 .

把在產品製造過程做出的半成品移動到下個過程以前，會實施製程檢驗，這時候會實施全數檢驗或抽樣檢驗。

09 생산로트 (生產+lot) 批量生產

생산로트 방식은 로트별로 구분해 관리하여 불량의 원인을 파악할 수 있기 때문에 보통 제조업에서 사용한다 .

批量生產方式能夠分批進行管理，掌握不良的原因，所以製造業通常會使用。

10 생산자물가지수 (生產者物價指數) 生產物價指數

인플레이션 관련 지수인 생산자물가지수는 가장 먼저 발표되기 때문에 단기간 내의 소비자물가 상승 여부를 예측할 수 있는 지표가 되기도 합니다 .

因為通貨膨脹相關指數——生產物價指數是最早公布的，所以它也是一種可以預測短期內的消費者物價上升與否的指標。

07

물류·유통·운송업 무역사무원

物流、流通、運送業貿易事務人員

閱讀短文 60

무역사무원은 재료나 상품의 통관 및 수출입 계약 거래 등에 관한 사무적인 업무를 담당하는 역할을 한다. 그렇기 때문에 무역 수출입 전반에 걸쳐 이해하고 있어야 한다. 수출입 허가서, 신용장 등 통관 서류를 가지고 세관 신고서류를 작성하는 등의 통관 절차에 관여하는 것이 일반적이다. 수출입에 관련한 은행 업무, 선적 서류 관리, 수출입 물품의 입출항 및 입출고 현황 이해 및 무역 통계 작성 등이 일반적인 업무 내용으로 포함된다.

무역사무원은 회사 규모와 성격에 따라 수출입을 모두 담당하거나 수출 또는 수입만 담당하는 경우가 있다. 수출 담당자는 거래금액, 수출물량, 운송수단, 납기, 보험, 결제 방법 등이 명시된 계약 내용을 토대로 계약서를 작성하며 해외영업원을 지원한다. 수입 담당자는 수입 대금의 결제, 화물의 통관 등 수입에 관련된 모든 절차를 해외영업원의 계약 내용에 따라 업무를 지원한다.

무역사무원이 되려면 무역, 유통, 경영, 경제, 법, 회계, 행정 관련 학과를 전공하면 유리한 것으로 알려져 있다. 업계에서는 무역사무 프로세스, 신용장 업무 등 실무에 필요한 지식과 컴퓨터를 활용한 문서작성능력을 기본으로 유창한 외국어 능력까지 요구하기 때문에 외국어를 쓰고 말하는 능력을 키울 필요가 있다는 것이 현장 근무자들의 말이다.

貿易事務人員所扮演的角色，是負責處理材料或商品的通關，以及進出口契約交易等相關稅務工作。因此，必須全盤瞭解貿易進出口。一般參與管理的是使用進出口許可書、信用狀等通關資料，填寫海關申報資料等通關程序。與進出口相關的銀行業務、貨運單據管理、瞭解進出口物品的出入港與出入庫現況並進行貿易統計等等，皆包含在一般工作內容當中。

根據公司規模與調性的不同，貿易事務人員有時會全盤負責進出口，或是只負責進口或出口的其中一項。負責處理出口的人，要根據標明交易金額、出口貨量、運送方式、交期、保險、付款方式等的契約內容撰寫契約書，並支援國外業務人員。負責處理進口的人，則是根據國外業務人員的契約內容，支援進口費用結帳、貨物通關等，與進口相關的一切流程。

若想成為貿易事務人員，如果主修的是貿易、流通、經營、經濟、法律、會計、行政相關科系，是出了名的有利。因為在業界上，基本要擁有貿易事務流程、信用狀業務等實務的所需知識跟電腦的文書處理能力，甚至還要求流暢的外語能力，因此，一些實際從業人員說，也需要提升外語的寫作和口說能力。

單字

· **입출고**（入出庫）：出入庫

· **납기**（納期）：交期、繳納期限

· **대금**（代金）：費用、價錢

· **프로세스**（process）：流程、過程、程序

A：이번에 대만으로 수출할 제품 1 톤에 대한 원산지증명서가 누락된 거 같아요 .

B：다다음주에 해운화물로 나가는 건 말이죠 ?

A：네 . 분명히 받았다고 생각했는데 , 확인하니 안 받았네요 . 제가 다른 수출건과 헷갈렸나 봐요 .

B：제가 담당자에게 다시 요청해 놓을게요 . 그럼 신용장 같은 다른 서류들은 문제 없는 거죠 ?

A：네 . 문제 없습니다 .

B：그럼 이번에 FOB 가격하고 CIF 가격 좀 다시 확인하시고 , 저한테 알려주시겠어요 ?

A：그러도록 하겠습니다 . 고객사에 도착 예정일을 알려줘야 하는데 정확한 날짜는 힘들겠죠 ?

B：제가 직접 포워딩 회사에 연락해서 확인해 드릴게요 . 요즘 코로나 19 전염병으로 인해서 물류가 많이 지연되는 거 같거든요 .

A：這次要出口到台灣的 1 噸產品的原產地證明書好像漏掉了。

B：下下個禮拜就要用海運寄出了，對吧？

A：對的，我以為已經拿到了，檢查後才發現沒拿到，可能是我把它跟其他出口的貨搞混了。

B：我會再跟負責人索取一次，那信用狀之類的其他文件，就沒問題了吧？

A：是的，沒有問題。

B：那你這次可以再確認一次 FOB 價格跟 CIF 價格，然後告訴我嗎？

A：我會的。必須告知客戶預計送達日，但應該很難抓出一個確切的日期吧？

B：我再直接跟貨運代理公司聯絡，幫你確認看看。最近因為 COVID-19 傳染疾病的關係，物流好像嚴重延遲。

N(으)로 인해(서)　由於N

[說明]

어떤 것이 문제나 원인이 되어 어떤 부정적인 결과가 발생했을 때 사용한다 .

在某件事成為問題或原因，導致某種不好的結果發生的時候使用。

[例句]

1. **최근 첨단 스마트 전자기기에 대한 수요의 급증으로 인해 반도체 품귀 현상이 생기면서 반도체 가격이 급등했다 .**

由於最近對尖端智慧電子儀器的需求遽增，出現了半導體短缺現象，半導體價格也跟著飆漲。

2. **물가와 부동산 가격 등의 상승으로 인해서 저출산 현상이 심각해지면서 많은 사회적 문제를 야기하고 있는 것이 사실이다 .**

由於物價與不動產價格上升，低生育率現象愈趨嚴重，造成許多社會問題是事實。

한국에서 물류산업은 미래의 경제성장을 주도할 유망 산업으로 손꼽힌다. 통계청이 발표한 자료에 따르면, 한국 내의 물류산업 매출 규모는 2020 년 기준으로 114 조 1 천억 원이다. 이는 2008 년에 비해 약 23 조 원 가량 증가한 것으로 코로나 19 대유행으로 인해 비대면이 일상화된 상황을 고려하면 그 이후의 통계 수치는 더욱 높을 것으로 예상되고 있다.

물류 관련 기업과 종사자 수도 늘었다. 2008 년 16 만 8 천 개 기업에서 55 만 6 천 명이 물류업에 종사했지만 2020 년에 이르러 37 만 9 천 개 기업에서 75 만 1 천 명이 종사한 것으로 나타났다.

이에 국제 화물 수송량도 성장했다. 항공화물 수송의 경우, 2015 년 265 만 톤에서 2021 년 342 만 톤으로 6 년간 77 만 톤이 늘어났다. 항공보다 더 많은 비중을 차지하는 해운화물 수송량은 같은 기간 동안 12 억 1 천 톤에서 15 억 8 천 톤으로 늘어났다. 6 년 동안 무려 3 억 7 천 톤이 증가한 것이다.

물류산업은 생산, 유통산업을 뒷받침하고 있기 때문에 사실상 코로나 19 로 인해 온라인을 통한 비대면 사회로 접어들면서 그 영향력은 커지고 있다는 것이 전문가들의 말이다.

상품이 소비자에게 전달되는 마지막 단계를 의미하는 라스트마일 시장은 '생활 물류' 라는 이름으로 사실상 일상의 일부로 자리 잡았다.

그러하다 보니 물류의 기능을 중심으로 새로운 형태의 사업 모델을 시도하는 스타트업 기업들도 여럿 생겨나기 시작했다. 2019 년 이러한 기업은 212 개로 투자액은 무려 2 천 10 억 원에 달하는 것으로 집계됐다.

4 차 산업 혁명과 코로나 19 등을 계기로 세계적으로 물류산업이 스마트 신산업으로 성장하고 있다. 이에 따라 선진국에 비해 낙후된 한국의 물류산업의 경쟁력을 키워야 한다는 지적이 나왔다. 전문가들은 물류산업은 아직도 영세한 규모로 인해 변화에 대응이 느리고, 청년이 선호하지 않는 일자리에 머물러 있는 상황이라 실질적인 산업구조 개편이 필요한 실정이라고 말했다.

정부는 지난 2021 년 7 월 제 5 차 국가물류기본계획 (2021~2030 년) 을 세웠다. 이는 세계 물류산업 10 위권에 진입하기 위한 청사진으로 첨단 스마트 기술기반 물류시스템을 구축하고 디지털로 전환한다는 내용을 담고 있다.

在韓國，物流產業被評選為將會主導未來經濟市場的潛力產業。根據統計廳公布的資料，韓國國內的物流產業銷售規模以 2020 年為基準，是 114 兆 1 千億韓幣。這大概比 2008 年增加了 23 兆韓幣左右，由於 COVID-19 大流行，若考量到非接觸方式已經日常化的情況，往後的統計數字估計會更高。

物流相關企業與從業人員的數量也增加了。2008 年，在 16 萬 8 千間企業中，有 55 萬 6 千人從事物流業，不過到了 2020 年，則呈現出 37 萬 9 千間企業中，有 75 萬 1 千人從事物流業。

對此，國際貨物輸送量也有所成長。在航空貨物輸送方面，從 2015 年的 265 萬噸增加到 2021 年的 342 萬噸，6 年間增長了 77 萬噸。所占比重多於航空的海運貨物輸送量，則是在相同期間內，從 12 億 1 千噸成長到 15 億 8 千噸，6 年間足足增加了 3 億 7 千噸。

專家們表示，因為物流產業支撐著生產、流通產業，實際上，隨著人們因為 COVID-19 而走入透過網路形成的非接觸社會，它的影響力也日益增大。

最後一哩市場代表商品被送到消費者手中的最後一個階段，它實際上以「生活物流」的名字，站穩腳步成了日常的一部份。

後來，開始出現許多的新創企業，試圖以物流的功能為中心，發展出新型態的事業模型。在 2019 年，這種企業共有 212 間，投資額共計高達 2 千 10 億韓幣。

在第 4 次產業革命與 COVID-19 等契機下，全球的物流產業正成長為智慧新產業。因此，也有人指責，認為韓國物流產業的競爭力比先進國家落後，應該要培養起來才對。專家們說，因為物流產業的規模仍然貧弱，應對變化的速度緩慢，而且仍停留在年輕人不偏好的工作，所以實際上需要進行實質的產業結構改組。

政府在 2021 年 7 月擬定了第 5 次國家物流基本企劃（2021~2030 年），涵蓋內容是在進入全球物流產業前 10 名的未來藍圖下，以尖端智慧技術基礎，建構物流系統、轉型數位化。

單字

- **가량**（假量）：左右、大概
- **종사자**（從事者）：從業人員、工作人員
- **수송량**（輸送量）：輸送量、運輸量
- **톤**（ton）：噸
- **뒷받침하다**：支撐、後盾、後援
- **사실상**（事實相）：實際上
- **혁명**（革命）：革命
- **낙후**（落後）**되다**：落後
- **영세**（零細）**하다**：貧弱、小型
- **진입**（進入）**하다**：進入
- **청사진**（靑寫眞）：藍圖

01 신용장 (信用狀) (L/C) 信用狀 (L/C)

신용장 거래는 수출업자와 수입업자 모두에게 장점이 있어 이들 사이에서 널리 사용되는 방법이에요.

因為信用狀交易對出口業者及進口業者皆有好處，是在這些業者之間受到廣泛使用的方法。

02 전신환 (電信換) (T/T) 電匯 (T/T)

현금을 빨리 보내야 할 때 사용되는 전신환 송금 방법은 수취인이 최대한 빨리 필요한 자금을 사용할 수 있도록 보장한다는 이점이 있다.

在必須快點匯出現金時使用的電匯匯款方式，擁有著保障收款人可以儘快使用所需資金的好處。

03 선하증권 (船荷證券) (B/L) 提單 (B/L)

선하증권은 발행 주체에 따라 여러 이름으로 불리고 있으며 권리증권, 화물수령증, 운송계약의 증거 등의 기능을 하기 때문에 선하증권을 받게 되면 꼼꼼히 확인해야 한다.

提單根據發行主體，而擁有各種名稱，而且它具有權狀、貨物收據、運送契約的憑證等功能，所以拿到提單的時候，一定要仔細確認才行。

04 본선인도가격 (本船引渡價格) (FOB) 船上交貨價格 (FOB)

본선인도가격은 약속된 화물을 구매자가 부른 선박에 싣고 본선에서의 화물인도 완료까지 모든 비용과 위험을 판매자측에서 부담하고 해상운임이나 선적 이후의 비용은 구매자측이 부담한다.

FOB 是把約定好的貨物裝上買方叫的船隻，在完成交貨前的一切費用與風險由賣方承擔，海上運費或裝運後的費用則是由買方承擔。

05 도착항인도가격 (到着港引渡價格) (CIF) 到岸價格 (CIF)

CIF 가격은 도착항인도가격으로 목적지까지의 원가격, 운임, 보험료의 일체를 부담할 것을 조건으로 한 것이다.

CIF 價格是到岸價格，以承擔抵達目的地前的成本、運費、保險費等等的一切為條件。

06 인보이스(송장) (Invoice，發票) 發貨單

인보이스는 보통 계산서나 청구서의 기능을 하고 있기 때문에 수출업자는 수입업자에게 반드시 전달해야 합니다.

發貨單通常擁有明細表或帳單的功能，所以出口業者一定要向進口業者傳達。

07 원산지증명서 (原產地證明書) (C/O) 原產地證明書 (C/O)

원산지증명서는 한 나라에서 생산된 수출물품이 그 나라에서 생산됐음을 입증하는 서류이기 때문에 무역에서 매우 중요한 서류로 여겨진다.

原產地證明書是證明一國出產的出口物品的確是在該國生產的文件，所以在貿易上被視為非常重要的文件。

08 평가절하 (平價切下) 貨幣貶值

원화가 평가절하되면서 기업들의 생산비용이 증가하자 그 부담은 소비자에게 고스란히 전가되고 있는 모습이에요.

在韓幣貶值、企業的生產費用增加後，那些負擔正原封不動地轉嫁到消費者身上。

09 포워딩 (Forwarding) 貨運代理

수출업자와 수입업자가 거래하는 물류는 포워딩 업체가 담당합니다.

出口業者與進口業者往來的物流，由貨運代理業者負責。

10 포워더 (Forwarder) 貨運承攬商

포워더는 포워딩 업체라고도 불리며 화물운송을 위탁 받는 회사이다.

貨運承攬商也被稱為貨運代理業者，是負責承接運貨委託的公司。

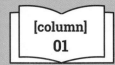
MBTI 是什麼？

ISTP ENTJ ISTJ

 對話 65

A：요즘 한국 젊은이들 사이에서 MBTI 가 유행이래요 . 알고 있어요 ?

B：MBTI 요 ? 그거 성격 테스트 아닌가요 ? 그게 왜 유행이래요 ?

A：한국 젊은이들은 자기 자신을 표현하는 것을 좋아하잖아요 . 그 MBTI 검사가 자기가 타고난 성격 유형이 무엇인지 알려 주기 때문에 인기가 많대요 .

B：그거 알면 뭐가 도움이 될까요 ?

A：자기가 어떤 사람인지 제대로 알 수 있잖아요 . 원만한 대인관계를 위한 수단이 되지 않을까요 ?

B：그렇겠네요 . 요즘 젊은 세대들은 다른 사람들로부터 자기가 괜찮은 사람이라는 걸 인정받고 싶어하는 심리가 강한 것 같아요 .

A：聽說最近韓國年輕人之間，很流行 MBTI，你知道嗎？

B：MBTI？那不是人格測驗嗎？為什麼會流行？

A：韓國年輕人不是很喜歡表現自我嗎？聽說那種 MBTI 測試會告訴你，自己天生的人格是什麼，所以很受歡迎。

B：如果知道那個，會有什麼幫助嗎？

A：可以弄清楚自己是什麼樣的人啊。是一種維持融洽人際關係的方式吧？

B：對耶，最近的年輕世代，渴望他人認可自己是個不錯的人的心理，好像比較強烈。

單字

- **테스트**（test）：測驗
- **검사**（檢查）：測試
- **원만**（圓滿）**하다**：融洽
- **심리**（心理）：心理

마이어스 (Myers) 와 브릭스 (Briggs) 가 융 (Jung) 의 심리 유형론을 토대로 고안한 MBTI 성격유형검사는 1990 년대 한국에 소개된 뒤 2020 년대 급속한 유행을 가져왔다 . MZ 세대 사이에서는 "MBTI 를 모르면 대화가 안 된다 " 라는 말이 있을 정도다 .

MBTI 는 타고난 성격 유형이 무엇인지 알려주는 검사도구로 성격 유형은 태어날 때부터 타고난다는 것을 전제로 한다 . 장점을 먼저 알고 이를 개발하여 수용할 수 있도록 한다는 것이 목적이다 .

MBTI 는 크게 4 가지 분류 기준에 따라 모두 16 가지의 성격 유형으로 분류된다 . 정신적 에너지에 따라 외향 (E), 내향 (I) 으로, 인식의 기능에 따라 감각 (S), 직관 (N) 으로 나뉜다 . 판단 기능은 사고 (T), 감정 (F) 로, 생활 방식은 판단 (J), 인식 (P) 로 나뉜다 . 이렇게 나뉜 결과는 INTJ, ESFJ, ISTP, INFJ, ESTJ, ESFP, ENTJ, INFP, ISTJ, ISFJ, INTP, ESTP, ESFP, ENFP, ENTP, ENFJ 등 16 가지 성격 유형으로 표현된다 .

在邁爾斯（Myers）與布里格斯（Briggs）根據榮格（Jung）的心理類型理論研究出的 MBTI 人格類型測驗，在 1990 年代被介紹到韓國以後，在 2020 年代迅速流行了起來。MZ 世代之間，甚至有一種說法是「如果不知道 MBIT，就聊不起來」。

MBTI 是一種告知天生人格類型的檢測工具，以出生便擁有人格類型作為前提，目的是讓人先知道長處，以便發展和接納它。

MBTI 大致依循著 4 種分類標準，總共分類成 16 種人格類型。依精神能量分為外向（E）與內向（I）、依認知功能分為感覺（S）與直覺（N）、依判斷功能分為思考（T）與情感（F）、依生活方式分為判斷（J）與感知（P）。這樣分類的結果，一共呈現出 INTJ、ESFJ、ISTP、INFJ、ESTJ、ESFP、ENTJ、INFP、ISTJ、ISFJ、INTP、ESTP、ESFP、ENFP、ENTP、ENFJ 等 16 種人格類型。

單字

- **유형론** (類型論)：類型理論
- **토대** (土臺)：基礎、地基
- **고안** (考案) **하다**：研究
- **검사도구** (檢查道具)：檢測工具

- **정신적** (精神的)：精神的
- **에너지** (energy)：能量
- **인식** (認識)：認知
- **판단** (判斷)：判斷

一起去喝酒！

對話 67

A：오늘 비도 오는데 퇴근 후에 우리 팀 사람들이나 모아서 술이나 한잔 어때요？

B：오！콜콜！비 오는 날에는 막걸리에 파전이 딱이죠．

A：하하．갑자기 대학생 때가 생각나네요．미친 듯이 친구들하고 술만 마셨거든요．

B：저도요．술 마시면서 게임도 참 많이 했는데．그때가 그립네요．

A：말 나온 김에 우리 사람들하고 술 게임이나 할까요？

B：술 게임이 종류가 참 많은데，사람들이 함께 할 수 있는 게임이 뭐가 있을까요？

A：그거 있잖아요．누구나 할 수 있는 국민 술 게임！베스킨라빈스 31！

B：사람이 좀 많아야 더 재미있으니 제가 사람 좀 모아볼게요．

A：今天在下雨，還是下班以後，要揪我們組的人一起去喝一杯？

B：哦！走啊走啊！下雨天最適合喝馬格利酒配煎餅了。

A：哈哈，突然想起大學的時候了，我會跟朋友一起狂喝酒。

B：我也是，會一邊喝酒，一邊玩很多遊戲。好懷念那個時候喔。

A：既然說到這個，我們要不要跟大家玩喝酒遊戲？

B：喝酒遊戲有很多種，有大家可以一起玩的遊戲嗎？

A：不是有那個嗎？任何人都能玩的國民喝酒遊戲！ Baskin Robbin 31 ！

B：人要多一點，才會更好玩，我來試著多揪一點人。

單字

· **막걸리**：馬格利酒
· **파전**：煎餅
· **딱**：正好、正適合
· **모으다**：收集、集合

한국 사회는 술 권하는 사회로 알려져 있다. 그러나 시대가 변하면서 직장에서 술을 강요하는 회식 문화도 점차 사라지고 있는 추세다. 젊은 직장인들은 나이가 많은 직장 상사와 함께 하는 불편한 술자리를 피하려는 경향이 있다.

이들은 주로 또래 친구들과 같이 편안한 사람들과 술을 즐겨 마시며 사람들이 많이 모인 자리에서는 친분을 쌓기 위해 술 게임을 즐겨한다. 게임에 강한 자만이 술자리에서 끝까지 살아남을 수 있다. 술 게임에서 지면 벌칙으로 술을 마셔야 하기 때문이다. 술 게임에서 자꾸 벌주를 마셔 술에 만취한 흑역사를 남기지 않으려면 게임을 잘 해야 한다는 말도 있다.

가장 대표적인 술 게임으로는 누구나 쉽게 배울 수 있는 '베스킨라빈스 31' 이 있다. 한 사람씩 1~3 개의 숫자를 순서대로 말한다. 마지막에 숫자 31 을 말하는 사람이 벌주를 마시는 게임이다. 게임을 시작할 때마다 다같이 " 베스킨 라빈스 써리 원 " 을 외치고 시작한다. 베스킨라빈스 31 은 아이스크림 브랜드 이름이다.

韓國社會以勸酒社會著稱，但是隨著時代變遷，在職場上逼人喝酒的公司聚餐文化，也有逐漸消失的趨勢。年輕上班族傾向於躲掉跟年紀較長的職場上司一同出席的，令人不自在的酒局。

他們主要喜歡跟相處起來像同齡朋友一樣自在的人一起喝酒，而且在許多人齊聚的場合，也會為了培養交情，暢玩喝酒遊戲。唯有很會玩遊戲的人，才可以在酒局存活到最後。因為如果在喝酒遊戲輸了，就必須喝酒當作懲罰。還有一種說法是，如果不想因為在喝酒遊戲一直喝罰酒，留下酩酊大醉的黑歷史，就要很會玩遊戲才行。

最具代表性的喝酒遊戲，便是任何人都可以輕易上手的「Baskin Robbin 31」。這是每個人輪流依序說出 1 ～ 3 個數字，最後說到數字 31 的人，就要喝罰酒的遊戲。每次開始遊戲時，大家都要一起喊完「Baskin Robbin thirty one」再開始。Baskin Robbin 31 是冰淇淋品牌的名字。

單字

- **권 (勸) 하다**：勸
- **알려져 있다**：以～聞名、以～為著稱
- **또래**：同齡朋友、同輩
- **친분 (親分) 을 쌓다**：培養交情

- **지다**：輸
- **벌주 (罰酒)**：罰酒
- **만취 (滿醉) 하다**：酩酊大醉
- **흑역사 (黑歷史)**：黑歷史

下班後要做什麼？

 對話 69

A：이 대리는 요즘 많이 피곤해 보여. 체력 좀 키워야겠어.

B：요즘 제가 맡은 프로젝트에 신경 좀 쓰느라고요.

A：회사 업무도 업무지만, 운동 좀 해서 건강도 좀 챙겨야지. 안 그래?

B：그러게 말입니다. 부장님은 체력이 대단하신 거 같아요. 체력만 보면 10대라고 해도 믿겠어요.

A：10대는 무슨. 나야 퇴근 후에 회사 근처에 있는 휘트니스센터에 가서 꾸준히 운동을 하니까 그렇지. 야근을 해도 꼭 가게 되더라고.

B：저도 운동을 해야겠다는 마음은 굴뚝 같은데, 쉽지 않네요.

A：오늘 퇴근 후에 나랑 같이 휘트니스센터에 같이 가는 게 어떤가?

B：오늘이요? 곤란할 것 같습니다. 선약이 있거든요.

A：李代理最近看起來很累喔，要培養一點體力了。

B：因為最近在顧我負責的專案。

A：公司的工作固然重要，但也要做點運動顧好健康，不是嗎？

B：是啊，部長，您的體力好像很好。單論體力的話，就算說您只有10幾歲，我也會相信。

A：什麼10幾歲，是因為我下班後，都會到公司附近的健身房勤奮運動，就算加班，也一定會去。

B：我也巴不得去運動啊，可是心有餘而力不足。

A：今天下班後，要不要跟我一起去健身房？

B：今天嗎？可能不太方便，因為我已經有約了。

單字

・**키우다**：培養、培育
・**휘트니스센터** (fitness center)：健身房

・**꾸준히**：勤奮地、堅持不懈地
・**마음이 굴뚝 같다**：懇切、迫切

지난 2018 년 주 52 시간 근무제가 도입된 이후 직장인들은 퇴근 후 여가 시간이 늘어나면서 퇴근 후의 삶이 ' 진정한 나의 삶 ' 이라고 여기게 됐다 . 이에 따라 운동이나 자기계발 등에 자신을 위해 투자하고자 하는 이들이 늘어났다 . 하지만 실제로 이들 대부분은 업무에 지쳐 퇴근 후에 쉬는 것으로 나타났다 .

한 구직사이트가 2021 년 실시한 설문조사에 따르면 , 직장인이 꿈꾸는 퇴근 후 유형으로 ' 운동으로 건강을 챙긴다 ' 가 1 위를 차지했다 . 29.3% 의 응답자가 선택했다 . 그 뒤로 ' 자기계발을 위해 공부한다 ' (23.9%), ' 친구나 동호회 모임을 즐기고 핫한 장소를 방문한다 ' (13.4%), ' 연예인 등 좋아하는 것에 푹 빠진다 ' (11.3%), 'TV 시청 등 멍때린다 ' (8.4%) 등의 순으로 나타났다 .

그렇지만 실제로 직장인의 퇴근 후 모습은 달랐다 . 가장 많은 응답자 (27.6%) 를 차지한 대답은 직장에서 에너지를 다 쓰고 , 집에서 아무것도 안 하는 ' 좀비형 ' 이었다 . 'TV 시청 등 멍때린다 ' 는 답이 19.9% 로 그뒤를 이었다 .

自從 2018 年導入每週 52 小時工作制以後，上班族在下班以後的閒暇時間增加，將下班後的人生視為「自己真正的人生」。因此，想要在運動或自我提升等方面投資自己的人變多了。不過，實際上，這些人大部分都因為工作勞累，而在下班後選擇休息。

根據某個求職網站在 2021 年進行的問卷調查，上班族夢寐以求的下班後類型，由「透過運動顧好健康」佔據第 1 名，29.3% 的作答者都有選。再來依序是「為了自我提升而讀書」（23.9%）、「享受朋友或同好的聚會，走訪熱門地點」（13.4%）、「耽溺於喜歡的事情，如藝人等等」（11.3%）、「放空，如看電視等等」（8.4%）等等。

不過，實際上，上班族下班後的樣子並不一樣。佔最多作答者（27.6%）的回覆，是在職場上耗盡能量以後，在家什麼都不做的「殭屍型」。「放空，如看電視等等」的回覆則以 19.9% 接續在後。

單字

- **도입 (導入) 되다**：導入、引進
- **진정 (眞正) 하다**：真正的
- **여기다**：視為、認為、以為
- **핫 (hot) 하다**：熱門

- **푹 빠지다**：耽溺、陷入、沉迷
- **멍때리다**：放空
- **좀비 (zombie)**：殭屍
- **잇다**：接續、繼續、連接

斜槓人生正夯

 🔊 71

A： 우리 회사 김 대리님이 유튜버가 된 것 같아요.

B： 아니, 그걸 어떻게 알아요? 김 대리님이 구독, 좋아요, 알림설정 부탁했어요?

A： 아니요, 어젯밤에 유튜브를 보다가 우연히 직장인 생활에 관한 동영상을 봤는데, 김 대리님 얼굴이 떡하니 나오지 뭐예요.

B： 김 대리님은 출중한 외모에 목소리도 좋고, 말도 조리 있게 잘 하시니 인기가 좋을 거 같아요.

A： 정말 인기가 장난이 아니에요. 구독자가 무려 10 만 명이나 되던데요.

B： 와, 그 정도면 회사 그만두고 유튜버로 전업해도 되겠어요.

A： 회사일에 유튜브까지 겸업하려면 쉽지 않겠죠? 실은 저도 유튜버가 되고 싶거든요.

B： 잘못하면 회사에서 회사일에 소홀하고 유튜브만 열심히 한다는 소리를 들을지도 몰라요.

A： 我們公司的金代理好像是 YouTuber。

B： 咦？你怎麼知道？金代理有請你訂閱、按讚、開啟小鈴鐺嗎？

A： 沒有，是我昨晚在看 YouTube，偶然看到了一部關於上班族生活的影片，居然看到金代理大方露臉。

B： 金代理外表出眾、聲音好聽，說話也很有條理，應該會很受歡迎。

A： 他的人氣真的不是蓋的，訂閱人數足足有 10 萬人。

B： 哇，既然那麼多，他應該可以離職，改行當 YouTuber 了吧。

A： 要做公司的工作，再兼職當 YouTuber，應該不容易吧？其實我也想當 YouTuber。

B： 一不小心，就可能在公司被人家說疏忽了公司的工作，只會認真做 YouTube。

單字

- **떡하니**：公然地
- **조리 있다**：有條理
- **전업（轉業）하다**：改行、轉行
- **겸업（兼業）하다**：兼職
- **잘못하다**：弄不好、搞錯
- **소홀（疏忽）하다**：疏忽、忽略

　　경제적 자유를 꿈꾸는 한국의 젊은 직장인 대부분은 2 개 이상의 직업을 가진 'N 잡러 ' 를 꿈꾸고 있다 . N 잡러는 2 개 이상의 복수를 뜻하는 'N' 과 직업을 뜻하는 'Job', 사람을 뜻하는 '- 러 (er)' 의 합성어다 . 직장인 1020 명을 대상으로 실시한 설문조사에서 49.2% 가 현재 N 잡러인 것으로 나타났으며 , N 잡러가 아닌 이들 중 80.3% 가 N 잡러가 되고 싶다고 답했다 .

　　젊은 N 잡러들에게 인기 아이템은 단연 ' 유튜브 ' 다 . 그렇지만 이들은 " 나도 해볼까 " 라는 생각은 하면서도 선뜻 나서지 못하고 있다 . 대박을 낼 수 있을까라는 생각과 함께 직장에서 불이익을 당할 수도 있다는 우려 때문이다 . 대부분의 직장에서는 근로시간 외의 겸업을 금지하고 있다 . 또 회사는 직원의 유튜버 활동이 회사 기밀 등 내부 정보를 외부에 유출할 수 있다고 본다 .

　　그렇지만 이 조항으로 인해 법적 처벌을 받은 사례는 거의 없다 . 헌법상 기본권인 ' 직업 선택의 자유 ' 와 ' 행복 추구권 ' 이 기업이 정한 내규보다 우선이기 때문이다 . 근로시간 중에 겸직 업무 활동을 하면 안 된다 . 이는 근로기준법 제 5 조에 명시되어 있다 .

　　夢想財務自由的韓國年輕上班族，大部分都夢想成為擁有 2 種職業以上的「N 잡러（斜槓族）」。N 잡러（斜槓族）是由代表兩個以上的複數的「N」、代表「職業」的「Job」，還有代表人的「- 者（er）」所組成的合成詞。針對 1020 名上班族進行的問卷調查顯示，有 49.2% 的人目前是斜槓族，而且在不是斜槓族的人當中，有 80.3% 的人回答想成為斜槓族。

　　對年輕的斜槓族來說，熱門選項絕對非「YouTube」莫屬了。只是，這些人心懷「還是我也來試試看」的想法，卻又不敢直接投入。這是因為不知道能否大獲成功，也擔憂在職場上可能會吃虧。大部分的職場，都禁止在工作時間以外兼職。而且公司認為員工的 YouTuber 活動，可能會向外部洩漏公司機密等內部資訊。

　　不過，幾乎沒有因為這種條款而受到處罰的案例，因為憲法保障的基本權利——「選擇職業的自由」及「追求幸福權」，優先於企業制定的內部規定。上班時間不得進行兼差活動，這是勤勞基準法（韓國勞動基準法）第 5 條明確規定的。

單字

- **합성어**（合成語）：合成詞
- **단연**（斷然）：絕對地、完全地
- **선뜻**：欣然、乾脆
- **불이익**（不利益）：沒有好處、損失

- **조항**（條項）：條款、項目
- **헌법**（憲法）：憲法
- **추구**（追求）：追求
- **명시**（明示）**되다**：明確規定、明確指出

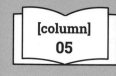

對話 73

A：요즘 무슨 걱정 있어요 ? 표정이 안 좋아 보여요 .

B：우리 아들이 게임에 빠져서 걱정이에요 . 하라는 공부는 안 하고 하루 서너 시간씩 게임만 하고 있는 아이를 보면 혹시 게임 중독은 아닐까 하고 걱정이 되거든요 .

A：무슨 게임을 하길래 그렇게 푹 빠졌대요 ?

B：'마인 크래프트'라고요 . 혹시 아세요 ?

A：어라 ? 저도 그 게임을 하는데요 . 꽤 재미있더라고요 .

B：저도 아들 몰래 해 보긴 했는데요 . 그래도 적당히 하면 좋겠어요 .

A：마인크래프트는 디지털 블록 게임이라 다른 게임보다 교육적 효과가 높아요 . 상상할 수 있는 것은 모두 만들 수 있거든요 . 다른 게임처럼 정해진 이야기를 따라가는 게임이 아니에요 .

B：그래도 게임은 게임이잖아요 .

A：你最近有什麼煩惱嗎？表情看起來不太開心。

B：我兒子沉迷於遊戲，讓我很擔心。叫他讀書都不讀，一天花三、四個小時打遊戲，看到他那樣，我就會擔心他是不是遊戲成癮了。

A：他玩的是什麼遊戲？怎麼會讓他那麼著迷？

B：名字叫「Minecraft」，你知道嗎？

A：咦？我也有玩那款遊戲耶，滿好玩的。

B：我也有瞞著兒子自己偷偷玩過，但我還是希望他別玩得那麼兇。

A：Minecraft 是數位方塊遊戲，教育意義比其他遊戲來得高。因為它可以做出你想像得到的所有東西，而不是像其他遊戲一樣，照著固定的故事走。

B：但遊戲畢竟是遊戲啊。

單字

・**게임 중독** (game 中毒)：遊戲成癮

・**꽤**：滿、頗、相當

・**블록** (block)：方塊

・**교육적** (教育的)：教育

한국에서는 2018 년 8 월 청소년의 심야 시간 게임 이용을 금지하는 ' 강제적 게임 셧다운제 ' 가 시행 10 년만에 폐지됐다 . 16 세 미만 청소년이 밤 12 시부터 오전 6 시까지 온라인 게임에 접속할 수 없도록 하는 것이 주요 내용이다 . 청소년들이 게임 중독으로 인해 수면 시간 부족 등 여러 부작용이 생긴다는 것이 법 제정의 이유였다 .

이 법은 청소년의 자기결정권을 침해하고 게임산업에 도움이 안 된다는 비판을 받았다 . 모바일 게임이 대세로 자리잡으면서 PC 게임에 적용된 이 제도는 실효성이 없다는 지적도 나왔다 .

초등학생들에게까지 인기를 모은 ' 마인 크래프트 ' 라는 게임이 이 제도 폐지에 일조했다 . 제작사는 셧다운제로 한국 전용 시스템을 구축할 수 없다며 성인만 가입하도록 하겠다고 발표하자 유저들은 셧다운제를 비판했다 .

다만 , 지금은 선택적 셧다운제인 ' 게임시간 선택제 ' 가 남아 있다 . 만 18 세 미만 청소년 본인 또는 법정대리인이 원하는 시간대로 게임 이용시간을 설정할 수 있는 제도다 . 각 가정의 사정에 따라 시간을 선택하여 게임을 차단할 수 있는 것이다 .

禁止青少年在深夜時段玩遊戲的「強制關機制」在韓國施行了 10 年，才在 2018 年 8 月廢止。它主要的內容，是讓未滿 16 歲的青少年在晚上 12 點到上午 6 點之間，無法連線至線上遊戲。青少年因為遊戲成癮，出現睡眠時間不足等各種副作用，便是立法的原因。

這項法律遭到批判，說它侵害了青少年的自我決定權，而且對遊戲產業沒有助益。隨著手機遊戲站穩腳步，成為主要趨勢以後，也有人指責這個適用於電腦遊戲的制度不具有實效。

一款就連小學生也愛玩的，名為「Minecraft」的遊戲，也對這個制度的廢止有所貢獻。在製作公司公開表示沒辦法因為強制關機制，就建構一個韓國專用的系統，而且未來只會開放成年用戶遊玩以後，玩家們便批判了強制關機制。

不過，現在仍然保有供選擇的強制關機制——「遊戲時間選擇制」。這是未滿 18 歲的青少年本人或法定代理人，可以把遊戲時間設定為指定時段的制度。各個家庭可以依照自己的情況選擇時間，封鎖遊戲。

單字

- **심야** (深夜)：深夜
- **접속** (接續) **하다**：連接、接通、連上
- **침해** (侵害) **하다**：侵害
- **실효성** (實效性)：實效、實質效果

- **일조** (一助) **하다**：有所幫助、有所貢獻
- **구축** (構築) **하다**：建構、建立
- **유저** (user)：用戶、使用者
- **법정대리인** (法定代理人)：法定代理人

投資熱潮

對話 🔊 75

A：요즘 NFT 뭐 이런 용어가 뜨고 있는 거 같아요. 개념이 좀 어렵네요. 좀 아세요?

B：NFT는 대체 불가능한 토큰이라는 말인데요. 디지털 자산에 위조나 변조가 불가능하게 블록체인 기술을 적용해 소유권을 부여한 뒤 세계의 유일한 진품이라는 것을 인증하는 거예요.

A：디지털 지적재산권 같은 데 필요하겠군요. 블록체인하니 비트코인 같은 암호화폐가 떠오르는데, 이쪽으로 투자하면 전망이 좋을까요?

B：저는 아직 관망 중이에요. 주식 투자만 조금 하고 있거든요.

A：얼마 전에 신문 보니까 암호화폐가 미래의 메타버스 세계에서 결제수단이 될 거라고 그러더라고요.

B：비트코인, 이더리움 뭐 이런 암호화폐는 이미 주류 자산으로 자리 잡았으니 미래에는 그럴지도 모르죠.

A：最近 NFT 這類的用語好像很夯。概念有點難懂耶，你知道嗎？

B：聽說 NFT 是一種不可能被取代的代幣，運用區塊鏈技術賦予所有權後，認證那是世界上唯一的真品，以防止數位資產遭到偽造或變造。

A：在數位智慧財產權的方面，應該很需要吧。說到區塊鏈，就讓我想起了比特幣之類的加密貨幣，投資這個會有前景嗎？

B：我還在觀望中，我現在只有投資一些股票。

A：我前陣子看報紙寫說，加密貨幣在未來的元宇宙世界，會變成一種結帳方式。

B：比特幣、以太幣這些加密貨幣，已經坐穩位置成為主流資產了，所以未來說不定真的會那樣。

單字

· **토큰** (token)：代幣
· **변조** (變造)：變造
· **블록체인** (block chain)：區塊鏈

· **부여** (附與) **하다**：賦予
· **지적재산권** (知的財產權)：智慧財產權
· **관망** (觀望)：觀望

한국 MZ 세대 사이에서는 재테크 열풍이 한창이다 . 주식을 비롯해 비트코인 등 가상화폐는 물론이고 안전자산인 금 (金) 에 이르기까지 광범위하다 .

높은 변동성으로 리스크가 매우 높은 코인에 대한 열정은 통계로도 확인된다 . 한국 4 대 가상자산거래소의 가입자는 2021 년 4 월 말 기준으로 581 만 명으로 그중 MZ 세대의 비중이 약 60% 에 달하는 것으로 알려졌다 . 이러한 가상화폐 투자열풍은 하늘 높은 줄 모르고 치솟는 자산 가격과 뭐라도 하지 않으면 거지가 될 수 있다는 두려움에서 비롯됐다 . 특히 , 코로나 19 대유행 후 리스크에 대한 내성이 강해져 이러한 현상이 두드러졌다는 것이 전문가들의 의견이다 .

안정성과 수익성을 동시에 챙길 수 있는 금 시장에도 MZ 세대가 큰 몫을 차지했다 . 2021 년 3 월 기준 한국거래소 (KRX) 금 시장 거래를 위해 증권사에 계좌를 개설한 개인투자자의 51.8% 가 MZ 세대로 나타났다 . 시장 규모와 거래량은 전년 대비 10% 이상 증가했다 .

이러한 재테크 열풍의 이면에는 빚을 내서 투자한 이들이 많아 도가 지나치다는 우려의 목소리도 나왔다 . 가계대출 증가분 중 MZ 세대가 차지하는 비중은 2019 년 33.7% 에서 2021 년 50% 를 넘어섰다 .

在韓國的 MZ 世代之間，正掀起一陣理財熱潮。舉凡股票、比特幣等虛擬貨幣，乃至於黃金這種安全資產，範圍十分廣泛。

對於因為高變動性而風險極高的虛擬貨幣的熱忱，也在統計上獲得了證實。據悉，以 2021 年 4 月底為準，韓國 4 大虛擬資產交易所的註冊會員共有 581 萬人，其中 MZ 世代的比重約達 60%。這樣的虛擬貨幣投資熱潮，源自於資產價格飆漲，以及如果不做些什麼，就可能變成乞丐的恐懼。專家認為，在 COVID-19 大流行以後，風險耐受性變得特別強，因此凸顯了這種現象。

在能夠同時兼顧穩定性與收益性的黃金市場，MZ 世代也占了很大的分量。以 2021 年 3 月為準，為了在韓國交易所（KRX）進行黃金市場交易，而到證券公司開戶的散戶投資人，有 51.8% 都是 MZ 世代。市場規模與交易量相較於前一年，都增加了 10% 以上。

在這種理財熱潮的背面，也有擔憂聲浪出現，認為許多人借債投資，實在太過火了。在家用貸款的增加量當中，MZ 世代的佔比，已經從 2019 年的 33.7%，變成 2021 年的 50% 了。

單字

- **재테크** (財 tech)：理財
- **광범위** (廣範圍) **하다**：範圍廣泛
- **리스크** (risk)：風險
- **치솟다**：飆漲、向上衝、湧上

- **증권사** (證券社)：證券公司
- **개인투자자** (個人投資者)：散戶投資人
- **도가 지나치다**：過頭、太過火
- **가계대출** (家計貸出)：家用貸款

來一段 Gap Year

對話 77

A：요즘 회사일이다 집안일이다 뭐가 많네요.

B：그럴 때일수록 정신을 바짝 차려야 해요.

A：내가 내가 아닌 것 같아요. 무기력하거든요.

B：대학을 갓 졸업한 동생을 보니 자기를 찾아가는 시간을 갖는다고 난리더라고요. '갭이어' (Gap Year) 기간이라나 뭐라나.

A：요즘 학생들이 잠깐 휴학하거나 학교를 다니면서 봉사, 여행, 인턴, 창업 등을 체험하며 자기를 찾아간다고 하더라고요. 저도 그러고 싶은데 현실이 영 아니네요.

B：제 동생은 회사에 당당하게 사표를 썼어요. 자기 좋아하는 것을 직업으로 해보겠다고 지금 스타트업 회사를 준비 중이죠. 말이 휴식기지 직장 다닐 때보다 더 바쁜걸요.

A：最近有公司的事，還有家裡的事，事情好多啊。

B：越是那種時候，越要繃緊神經。

A：我好像不是我自己了，好無力。

B：我看我剛大學畢業的弟弟／妹妹，吵著要擁有一段尋找自我的時間。是叫「Gap Year」還什麼的嗎？

A：聽說最近的學生會暫時休學，或是一邊上學，一邊體驗志工、旅行、實習、創業等等的，一邊尋找自己。我也很想那麼做，但現實是根本就不行。

B：我弟弟／妹妹就理直氣壯地向公司遞了辭呈，說要試著把自己喜歡的事情當成職業，現在正在籌備開新創公司。說是休息期，其實比上班的時候還忙。

單字

· **무기력** (無氣力) **하다**：無力的
· **갓**：剛剛
· **당당** (堂堂) **하다**：理直氣壯、光明正大
· **스타트업** (start-up)：新創公司

한국에서 '갭이어'라는 단어가 급부상했다. 갭이어는 학업을 병행 또는 중단하고 여행, 봉사, 진로 탐색, 인턴, 창업 등의 활동을 체험하면서 자기의 길을 찾는 시간을 말한다. 이는 영국 등 서구 나라 학생들이 고등학교를 졸업한 뒤 바로 대학에 가지 않고 1년 간의 유예 기간을 통해 다양한 경험을 쌓는 데서 비롯됐다.

한국에서는 학생뿐만 아니라 직장인들에게도 이러한 용어가 두루 쓰인다. 자기만의 시간을 갖고 자기 자신을 찾아간다는 개념으로 인식된다. 한국 청년들은 바쁜 일상이나 직장 생활을 뒤로 한 채 귀농을 하며 제2의 인생을 설계하거나 자신만의 아이템을 발굴해 사업을 펼치는 창업에 눈을 돌리고 있다.

이러한 사회적 분위기 속에 힘입어 서울특별시와 대구광역시 등 여러 지방자치단체는 청년 정책의 일환으로 갭이어 프로그램을 시행하고 있다. 이 프로그램을 통해 청년들이 겪는 어려움을 해소하고 건강한 미래를 준비할 수 있도록 돕겠다는 것이다. 전문가들은 이 프로그램이 단순히 취업 준비를 위한 목적에만 그쳐서는 안 된다고 지적했다.

「Gap year」這個詞在韓國迅速崛起。Gap year 指的是兼顧或中斷學業，並且去體驗旅行、志工、探索出路、實習、創業等等的活動，一邊尋找自己道路的一段時間。這源自英國等西歐國家的一些學生，在高中畢業後，沒有直接上大學，而是透過為期 1 年的緩衝時間，累積各式各樣的經驗。

在韓國，這樣的用語不只用於學生，就連上班族也通用。它被解讀為擁有一段自己的時間，去追尋自我的概念。韓國的年輕人在撇開忙碌的日常或職場生活後，會返鄉務農，並規劃第 2 人生，或是發掘自己獨有的物品，把目光轉向開展事業的創業。

受到這種社會風氣的影響，各個地方政府，如首爾特別市和大邱廣域市等等，施行了 Gap year 計畫，作為青年政策的一環，欲透過這項計畫解決年輕人遇到的困難，幫助他們籌備健康的未來。一些專家則指出，這項計畫的目的不該僅止於就業準備。

單字

- **급부상**（急浮上）**하다**：迅速崛起、快速上升
- **학업**（學業）：學業
- **유예**（猶豫）：緩衝、延期
- **두루**：全部、都
- **귀농**（歸農）：返鄉務農

- **발굴**（發掘）**하다**：發掘、挖掘
- **펼치다**：展開、開啟
- **돌리다**：轉變、轉移
- **힘입다**：受到～影響；得到幫助
- **일환**（一環）：一環

如何寫好履歷和自傳？

우리는 취직하기 위해 이력서와 자기소개서를 쓴다 . 우리는 이 목적에 맞게 이력서와 자기소개서를 작성해야 한다 . 인사팀 채용 담당자들은 하루에도 수십 통의 이력서와 자기소개서를 보면서 지원자가 회사에 적합한 인재인지 아닌지를 판단한다 . 지원자는 이력서와 자기소개서를 통해서 자신이 회사에 적합한 인재라는 것을 보여줘야 한다 .

최신순으로 기재하는 이력서

이력서에는 기본적인 인적 사항을 적은 후 학력 사항과 경력 사항을 적는다 . 학력 사항과 경력 사항은 채용 담당자들이 가장 알고 싶어 하는 최근 것부터 작성한다 . 학력 사항도 최종 학력부터 기재하고 경력 사항도 가장 최근의 경력부터 기재한다 . 경력 사항을 쓸 때 자신의 경력 사항이 지원하는 직무와 관련된 업무일 경우 다른 경력 사항보다 상세하게 적는 것이 좋다 . 담당업무를 구체적이고 수치화된 성과로 보여줄 수 있다면 같이 적는 것이 좋다 . 신입의 경우 , 자신이 지원한 회사의 담당업무와 관련 사회 활동 경험 등이 있다면 적도록 한다 . 관련 자격증이나 어학 능력 또한 최근에 취득한 순서로 기재한다 .

회사에 내가 적합한 인재라는 것을 알려야 하는 자기소개서

기소개서에는 성장 과정 , 성격의 장단점 , 경력 사항 , 입사 동기와 입사 후 포부를 적는다 .

성장 과정은 하나하나 자세히 알리는 것보다 자신의 성장 과정을 통해 자신이 어떤 사람인지 어떤 가치관을 따르고 있는 사람인지 보여줄 수 있어야 한다 . 현재 지원하는 회사나 직무에 대한 일화나 관련성이 있는 경험이 있다면 같이 언급하면 도움이 된다 .

성격의 장단점 부분에서는 회사에서 조직 생활을 어떻게 잘할 수 있는지 성격이 어떻게 직무에 도움이 되는지를 담당자에게 보여줘야 한다 . 해당 업무에 도움이 되는 장점을 위주로 작성하는 것이 좋고 단점은 그냥 언급하는 것에 그치지 않고 단점을 어떻게 보완해 왔는지 등을 함께 언급하는 것이 좋다 .

경력 사항은 이전 회사에서의 어떤 문제들을 극복했으며 실제로 어떤 성과를 냈는지 구체적으로 보여줘야 한다. 채용 담당자들은 구체적인 예시 없이 두리뭉실한 표현만 가득한 자기소개서는 보지 않는다. 신입이라면 대학 생활이나 다른 사회생활에서 어떤 관련 있는 구체적인 경험을 했는지 이야기할 필요가 있다.

지원 동기나 입사 후 포부는 진정성 있게 회사에 대한 자신의 솔직한 입사 동기와 함께 입사 후 어떤 태도로 회사 생활에 임하고 싶은지 어떤 목표가 있는지 언급한다.

모든 문장은 간결하고 깔끔하게 쓰는 것이 좋다. 그리고 마지막으로 다시 한번 오타는 없는지 맞춤법, 띄어쓰기는 맞는지 확인한다. 모든 것이 준비됐다면 원하는 업체에 이력서와 자기소개서를 보내고 면접 연락을 기다려 보자.

我們為了找工作，而撰寫履歷和自傳，我們必須把履歷和自傳寫得符合這個目的。人事組負責招募的人員，一天會看到幾十封履歷和自傳，判斷應徵者是不是適合公司的人才。應徵者必須透過履歷和自傳，展現自己是適合公司的人才。

由新到舊填寫的履歷

在履歷上寫好基本的個人資料後，就會寫到學歷與經歷，而學歷與過往經歷，要從負責招募的人最想知道的近期部分開始寫起。學歷要從最高學歷開始寫起，過往經歷也是從最近一份經歷開始填寫。撰寫過往經歷時，如果自己的過往經歷是與應徵職務相關的工作，最好要寫得比其他經歷詳細。如果可以用具體、量化的成果呈現負責的工作，最好也一起寫上去。如果是新鮮人，擁有與應徵公司的負責工作相關的社會活動經驗的話，也要寫上去。相關證照或語言能力，同樣依照最新取得的順序填寫。

讓公司知道自己是適合人才的自傳

自傳裡要寫到成長過程、個性優缺點、過往經歷、應徵動機與到職後的抱負。

成長過程與其逐一詳細告知，更應該展現的是自己透過成長過程，成為了怎麼樣的人、遵照著什麼樣的價值觀，假如有與目前應徵的公司或職務有關的軼事或相關經驗，一起提及的話，也會有幫助。

在個性優缺點的部分，必須向負責人展現出自己在公司裡多擅長團體生活、個性能為職務帶來什麼

樣的幫助。寫的時候最好以幫助該份工作的優點為主，而缺點不能只有淺淺帶過，最好一併提及自己是如何彌補缺點的。

　　過往經歷必須具體呈現出以前在公司克服過哪些問題、實際上交出了哪些成果。負責招募的人不會看缺乏具體例子、只充滿含糊描述的自傳。如果是新鮮人，就需要提到自己在大學生涯或其他社會生活的具體相關經驗了。

　　應徵動機或到職後的抱負，要真誠地提到自己應徵公司的真實動機，以及到職後想要用何種態度面對公司生活、有何種目標。

　　所有句子最好都寫得簡潔俐落，而且最後要重新檢查一次，看是否有錯字、正寫法和分寫法是否正確。如果一切準備就緒了，就把履歷跟自傳寄給想去的企業，靜候面試邀約吧。

꿀팁！小撇步！

1. 中文的韓文標記法

　　必須使用韓語發音標記固有名詞時，雖然可以寫成最接近發音的韓文，但是在不知道該寫成哪一個的時候，可以在網路上搜尋，檢視韓國政府機關國立國語院所指定的中文韓文標記法。

2. 正寫法檢查器

　　如果想要確認正寫法的話，同樣可以在網路上搜尋並檢視。雖然未臻完美，但是參考起來，可以揪出錯字，也可以重新思考寫錯的部分，所以推薦使用。

　　參考連結：http://speller.cs.pusan.ac.kr/

試著寫出自傳吧！

이름	000	영문	000	한문	000
생년월일	0000 년 00 월 00 일			나이	00 세
휴대폰	0012-345-6789	전화번호	(886)2-1234-5678		
E-mail	Taipei0000000@taiwanmail.com				
주소	대만 타이베이시 신이구 00000				

학력사항

기간	학교	학점	졸업여부
0000.00~0000.00	대만 00 대학교 한국어학과 전공	4.0 /4.5	졸업
0000.00~0000.00	00 고등학교		졸업

경력사항 (총 3 년 5 개월)

기간	회사명 / 근무부서	직급	담당 업무
0000.00~0000.00	00 회사 마케팅 부서	팀장	- 마케팅 기획 및 전략 （회사 특별 이벤트 기획 및 진행） -SNS 관리 / 콘텐츠 제작 （SNS 팔로우 수 20 배 증가시킴）
0000.00~0000.00		사원	- 본사와 대만 지사 한국어 통번역 업무 담당

자격증 , 어학능력

날짜	자격증	점수 / 급수	취득일자
한국어	TOPIK 한국어능력시험	6 급	0000.00
영어	TOEIC 토익	750 점	0000.00

교육 / 연수

기간	활동내용	비고
0000.00~0000.00	SNS 교육 프로그램	000 주최
0000.00~0000.00	한국 00 대학교 교환 학생	

기타 경력

기간	활동내용	
0000.00~0000.00	대만 - 한국 문화 교류 워크숍 통역	통역 진행 요원으로 참여
0000.00~0000.00	한류 상품 박람회 통역	한국 업체 바이어 상담 통역
0000.00~0000.00	000 KOTRA 전시회 통역	한국 업체 바이어 상담 통역

1. 성장과정

2. 학창시절

3. 성격의 장단점

4. 경력사항 (혹은 업무능력을 보여줄 수 있는 경험사항)

5. 지원동기 및 포부

姓名	000	英文	000	中文	000
出生年月日	0000 년 00 월 00 일			年齡	00 세
手機	0012-345-6789	電話號碼	(886)2-1234-5678		
E-mail	Taipei0000000@taiwanmail.com				
地址	台灣台北市信義區 00000				

學歷

期間	學校	成績（GPA）	畢業與否
0000.00~0000.00	台灣 00 大學，主修韓文系	4.0 /4.5	已畢業
0000.00~0000.00	00 高級中學		已畢業

過往經歷 (共 3 年 5 個月)

期間	公司名稱 / 服務部門	職階	負責工作
0000.00~0000.00	00 公司行銷部門	組長	- 行銷企劃與策略 （規劃並執行公司的特別活動） - 社群管理 / 貼文製作 （使社群追蹤人數增加 20 倍）
0000.00~0000.00		職員	- 負責總公司與台灣分公司之韓文口筆譯工作

證照、語言能力

日期	證照	分數 / 級數	取得日期
韓文	TOPIK 韓國語文能力測驗	6 級	0000.00
英文	TOEIC 多益	750 分	0000.00

培訓 / 進修

期間	活動內容	備註
0000.00~0000.00	社群培訓計畫	000 主辦
0000.00~0000.00	韓國 00 大學交換學生	

其他經歷

期間	活動內容	
0000.00~0000.00	台韓文化交流工作坊口譯	以口譯人員身分參與
0000.00~0000.00	韓流商品博覽會口譯	韓國廠商與買主洽談口譯
0000.00~0000.00	000 KOTRA 展覽口譯	韓國廠商與買主洽談口譯

1. 成長過程

2. 求學時期

3. 個性優缺點

4. 過往經歷（或是能展現工作能力的過往經驗）

5. 應徵動機與未來抱負

白傳範本

1. 성장 과정

　　저는 어렸을 때부터 새로운 것과 외국에 관심이 많았습니다. 항상 새로운 것을 찾아다녔고 외국에 관한 책이나 TV 프로그램도 많이 봤습니다. 그러다 고등학교 때 가족들과 한국 여행을 갔다 온 후 한국 문화와 한국어의 매력에 빠져 한국어를 배우기 시작했습니다. 한국어 공부를 위해 한국어학과에 진학해 한국어능력시험 6 급도 취득할 수 있었습니다. 대학교에 다닐 당시 교환 학생 프로그램을 신청해 한국 00 대학교에서 교환 학생으로 1 년간 공부하고 온 경험도 있습니다.

　　한국에서 교환 학생으로 공부할 때 정말 많은 경험을 할 수 있었습니다. 대만과 비슷하지만 다른 한국의 문화와 사회를 보면서 세상을 보는 시야도 넓힐 수 있었습니다. 또한 한국에서 여행하던 중 한국어로 언어 소통이 되지 않아 어려움에 처한 대만 분들을 도와준 경험을 몇 번 하게 되었습니다. 이런 경험을 계기로 저는 한국어로 대만과 한국을 연결하고 도움을 줄 수 있는 일을 하고 싶다는 생각을 하기 시작했습니다. 다행히 졸업 후 첫 직장으로 대만에 있는 한국 회사에서 통번역 업무를 할 수 있었습니다.

2. 성격의 장단점

　　저는 사람을 만나는 걸 좋아하고 적극적인 성격으로 모임을 만들고 새로운 것에 도전하는 것을 좋아합니다. 그래서 새로운 사람을 만나는 통역 일에도 매력을 느꼈고 즐겁게 통역 일을 할 수 있었습니다. 누군가를 도와준다는 것도 저에게는 큰 성취감을 느끼게 했습니다.

　　하지만 대학교 때 저는 새로운 것을 배우고 싶은 욕심이 너무 많아 자신을 힘들게 하는 경향이 있었습니다. 독서회 모임, 배드민턴 동아리 활동, 한국어 스터디 모임을 비슷한 시기에 진행한 적이 있었는데 모든 것을 다 완벽하게 할 수 없어 스스로 스트레스를 받으면서 후회한 적이 있습니다. 너무 욕심을 부려 아무것도 제대로 못 한 것입니다. 이 일을 계기로 저는 여유를 갖고 일들을 진행하겠다고 다짐했습니다. 여전히 새로운 것에 도전하는 일은 즐겁지만 무리하지 않고 즐기려고 노력하고 있습니다.

3. 경력 사항

　　저는 00 에서 한국 본사와의 회의나 모든 프로젝트의 통번역 업무를 담당했습니다. 직간접적으로 많은 일들이 진행되는 과정을 지켜볼 수 있었고 문제를 해결하는 과정도 지켜볼 수 있었습니다. 정말 많은 것들을 배울 수 있었습니다. 하지만 통번역 일을 하면서 언어로 도움을 주는 것뿐 아니라 제가 스스로 일을 주도해 보고 싶다는 생각을 하게 됐습니다. 그래서 관심 분야인 마케팅 업무에 도전해 이직하게 되었습니다.

　　00 에서 제 첫 업무는 SNS 를 관리하고 콘텐츠를 제공하는 것이었습니다. SNS 관리는 저에게 새로

운 도전이었지만 평소에 SNS 콘텐츠에 관심이 많았던 저는 SNS 교육 프로그램도 듣고 많은 책을 읽으면서 일들을 진행해 나갔습니다. 제가 SNS를 관리한 이후 꾸준한 콘텐츠 제작과 함께 다양한 시도로 팔로우 수를 20배로 증가시킬 수 있었습니다. 그 뒤로 마케팅 기획에도 참여하게 되었습니다. 마케팅 기획은 생각보다 어려웠습니다. 항상 회사와 소비자를 위한 일이 무엇일까 고민하다가 회사에 소비자가 참여할 수 있는 이벤트를 제안했고 이 제안이 받아들여져 성공적으로 이벤트가 진행되기도 했습니다.

4. 지원 동기 및 입사 후 포부

마케팅 부서에서 스스로 일을 기획하고 진행하면서 결과를 낼 수 있어 정말 성취감을 많이 느꼈습니다. 하지만 제가 좋아하고 잘하는 또 다른 능력인 한국어를 사용할 기회가 많지 않아 아쉬움이 있었습니다. 이제는 한국어로 제 능력을 발휘하는 일을 꼭 해 보고 싶습니다.

저는 대만 회사에서 회사 브랜드와 제품을 위한 마케팅 업무를 담당하면서 마케팅 능력을 키워왔습니다. 통번역 일을 했던 저는 한국 본사와의 업무 처리에도 문제가 없습니다.

저는 이런 제 마케팅 경험과 언어 능력이 귀사의 대만 사업 확장에 확실한 도움이 될 것이라고 자부합니다.

제 언어 능력과 마케팅 능력을 활용해 한국 최고의 상품과 서비스를 대만에도 널리 알릴 수 있게 제 모든 능력을 발휘해 대만 사업 확장을 성공적으로 이끌겠습니다.

1. 成長過程

我從小就對新事物和外國很感興趣，總是四處探索新事物，也看了許多關於外國的書籍或電視節目。後來，自從我高中跟家人一起到韓國旅遊以後，我便著迷於韓國文化與韓文的魅力，開始學習韓文。為了研讀韓文，我進入韓文系就讀，並因此取得韓國語文能力測驗的6級。在讀大學的時候，我報名了交換學生計畫，所以我也曾經到OO大學當了1年的交換學生。

以交換學生的身分在韓國讀書時，真的可以累積許多經驗。看見與台灣相似卻又相異的韓國文化與社會，讓我看世界的眼界得以拓展。而且，在韓國旅遊的途中，我也屢次用韓文幫助因為語言不通，而遭遇困難的台灣人。以這種經驗作為契機，讓我萌生了「想從事能透過韓文連結台灣與韓國的助人工作」的念頭。而我在畢業後的第一份工作，有幸在台灣的韓商公司擔任口筆譯。

2. 個性優缺點

我喜歡與人來往，個性也積極，喜歡約人聚會、挑戰新事物，因此，我能夠從認識新的人的口譯工作感受到魅力，享受口譯工作。幫助某個人，也會讓我感受到很大的成就感。

不過，我在大學時期，曾經有過因為求知欲太過旺盛，而為難自己的傾向。我曾在同一時期進行讀書會、羽球社活動、韓語讀書會，卻因為沒辦法把每件事都做到完美，而自己備感壓力跟後悔，因為太過貪心，所以什麼都做不好。有了這件事作為契機，讓我下定決心，決定做事時要保有一些餘裕。我仍然熱愛挑戰新事物，不過我正在努力不逞強，享受其中。

3. 過往經歷

我過去在 00 負責與總公司的會議或是所有專案的口筆譯工作，能夠直接或間接地觀察到許多工作的進行過程，也能夠觀察到解決問題的過程，真的可以學到很多東西。只是，我在從事口筆譯工作時，漸漸發現自己不只想要透過語言助人，也想要自己主導看看工作，所以我轉而挑戰自己感興趣的行銷領域的工作，因此離職了。

我在 00 的第一份工作是管理社群與提供內容。雖然管理社群對我來說是新的挑戰，但是平常對於社群貼文感興趣的我，去聽了社群培訓計畫，並閱讀許多書籍，一邊進行著工作。在我管理社群之後，因為勤奮製作貼文、進行多元嘗試，讓追蹤人數增加至 20 倍。後來，我也開始參與行銷企劃。行銷企劃比想像中困難，總要思考什麼是為了公司和消費者好，再向公司提出消費者可以參與的活動，而我的提案有獲得採納，活動也有成功進行。

4. 應徵動機與到職後抱負

在行銷部門自己規劃和進行工作後，就可以交出成果，讓我感受到了許多成就感。可是，能用到我喜歡且擅長的另一個能力——韓文的機會並不多，因此，我感到十分可惜。現在的我，想要從事可以用韓文發揮自己能力的工作。

我在台灣公司負責公司品牌與產品的行銷工作，培養了行銷能力，而且我曾經從事口筆譯工作，要處理與韓國總公司的業務也無礙。

我相信我的這些行銷經驗和語言能力，能為貴公司拓展台灣事業帶來確切的幫助。

我將會運用自己的語言能力與行銷能力，並發揮自己的所有能力，讓韓國最棒的產品和服務也能在台灣發揚光大，帶領台灣事業的拓展邁向成功。

[타이베이전자] X-101 견적서와 샘플 요청　[台北電子] 索取 X-101 報價單與樣品

안녕하십니까 ? 저는 타이베이전자 구매팀 팀장 마이클입니다 .　您好，我是台北電子採購組的組長麥可。

귀사 제품 X-101 의 견적서와 샘플을 받고 싶어서 메일을 보냅니다 .　因為想要索取貴公司產品 X-101 的報價單和樣品，而寄出電子郵件給您。

저희 회사는 대만에서 전자제품을 생산하는 업체로 기존 부품 업체의 공급이 불안정하여 기존의 부품을 대체할 새로운 부품 업체를 찾고 있습니다 . 귀사의 홈페이지에서 제품 스펙을 확인해 본 결과 X-101 이 저희 제품에 적합하다고 판단했습니다 .　敝公司是在台灣生產電子產品的廠商，由於現有零件廠商的供給不穩定，我們正在尋找可以代替現有零件的新零件廠商。在貴公司的網站上檢視過產品規格後，認為 X-101 很適合我們的產品。

견적서는 가능하면 다음 주 금요일까지 부탁드립니다 . 연간 예상 구매 수량은 약 10 만 개입니다 .　報價單的部分，如果可以的話，麻煩您在下週五以前寄出。預計一年的購買量大約是 10 萬個。

샘플은 테스트를 위해 10 개 필요합니다 . 무료로 제공받을 수 있습니까 ? 운송비는 저희가 부담할 예정입니다 . 11 월 30 일 전까지 샘플을 받아서 테스트를 진행하고 싶습니다 . 테스트를 거친 후 문제가 없으면 주문을 진행할 예정입니다 .　至於樣品，為進行測試，我們需要 10 個。請問是否能夠免費提供呢？我們將會負擔運費。我們想要在 11 月 30 號以前拿到樣品，進行測試，經過測試後，如果沒有問題，預計就會下訂了。

그럼 빠른 회신을 기다리겠습니다 . 감사합니다 .　那麼，期盼您迅速回覆，謝謝您。

전략구매팀　策略採購組
Michael Chen 팀장　Michael Chen 組長

Taipei Electronics
XXX, Xinyi Disct., Taipei, Taiwan
Tel: 886-2-0000-0000 ext 123

요청하신 자료 발송 & 화상 회의 일정 변경 요청
已寄出您要的資料 & 希望更改視訊會議時間

이준수 과장님 , 안녕하십니까 ?　李俊秀課長您好：
메일로 문의 주셔서 감사합니다 . 신속하게 답변드리지 못해 죄송합니다 .　感謝您來信詢問，
很抱歉，沒能迅速給您答覆。

1) 요청하신 자료 발송　已寄出您要的資料

지난번 메일에서 요청하신 제품 영문 사용설명서와 기타 자료들을 첨부 파일로 보내드립니다 . 첨부한 자료들을 참고하시고 부족한 자료가 있거나 문의 사항이 있으시면 꼭 다시 연락주시기 바랍니다 .　您上次在信件中要求的產品英文使用說明書和其他資料，已經夾帶於附檔寄出了，請您參閱附檔資料，若有資料缺漏或是有什麼問題，請務必再跟我聯絡。

2) 화상 회의 일정 변경 요청　希望更改視訊會議時間

죄송하지만 다음 주 9 월 15 일에 있을 화상 회의 일정을 변경하고 싶습니다 . 저희 회사 내부 일정 변경으로 사장님께서 예정된 화상 미팅에 참여하실 수 없게 되었습니다 . 아래 일정 중에서 가능한 시간을 알려주시면 감사하겠습니다 . 혹시 이 시간이 어려우시면 다른 제안을 해주시기 바랍니다 .　對不起，我想要更改原定下週 9 月 15 日的視訊會議時間。由於敝公司的內部行程更動，社長無法參與原定的視訊會議了。如果您可以從下列日程中選擇一個您方便的時間，就太感謝了。要是這兩個時間都不方便的話，還請您提出其他建議。

a. 9/20 화요일 오후 3 시　9/20 星期二下午 3 點
b. 9/22 금요일 오전 10 시　9/22 星期五上午 10 點

그리고 이전에 전화로 말씀드린 대로 이번 회의에서 의논할 안건은 아래와 같습니다 . 다른 논의 사항도 있으시면 사전에 알려주시기 바랍니다 .　還有，如同我上次在電話中所說，這次會議中要討論的議案如下，如果您有其他事項要討論，請提前告訴我。

안건 1 - 2023 년 2 월 한국 전시회 공동 참여 여부 결정　議案 1- 決定 2023 年 2 月是否共同參與韓國展覽
안건 2 - 2023 년 한국 독점 대리점 계약 협의　議案 2- 商討 2023 年韓國獨家代理商契約

그럼 확인 후에 회신을 부탁드리겠습니다 . 감사합니다 .　那就麻煩您確認後回信給我了，謝謝您。

XYZ 수출팀　XYZ 出口組
John Wu 과장　John Wu 課長

Tel: 886-2-0000-0000 ext 123

[완완그룹] 대만 대리점 & 방문 요청   [灣灣集團] 台灣代理商 & 到訪請求

안녕하십니까? 완완그룹 기획팀 과장 Cathy 입니다．   您好，我是灣灣集團企劃組的課長 Cathy。

귀사의 제품들을 대만에서 판매하는 대리점이 되고 싶어 이렇게 메일을 보냅니다． 寄這封 信給您，是因為我們想成為在台灣販售貴公司產品的代理商。

저희 회사는 대만 전체에 온오프라인 유통망을 소유하고 있으며 해외의 우수한 제품을 대만 에서 판매하고 있는 완완그룹이라고 합니다. 지난 9 월 타이베이 전시회에서 귀사의 제품들 을 보고 현장에서 짧게 미팅을 하기도 했습니다．   敝公司是擁有台灣所有的線上、線下銷售通 路，並在台灣銷售優秀海外產品的灣灣集團。去年 9 月在台北的展覽看到貴公司產品以後，還在 現場短暫地開了會。

저희는 내부 회의를 거쳐 귀사의 제품들이 대만 판매에 적합하다고 판단했으며 대만에서도 한국 제품에 대한 소비자들의 관심도 높아 대만 시장에서도 충분히 성공 가능성이 있다고 판 단해 이런 제안을 하게 되었습니다．   我們經過內部會議討論後，認為貴公司的產品很適合在台 灣銷售，而且我們也認為，台灣消費者對於韓國產品有高度關注，在台灣市場成功的可能性夠高， 因此才會向您提議。

이 일을 좀 더 빠르게 진행하기 위해 10 월에 한국에 가서 귀사를 방문하고 싶습니다. 현재 방 문이 가능한 날짜를 알려주시면 저희가 일정을 맞춰보도록 하겠습니다．   為了加快此事進行， 我們想在 10 月到韓國拜訪貴公司，如果您願意告知目前方便我們到訪的日期，我們將會配合您的 時間。

그럼 긍정적인 답변을 기다리겠습니다. 감사합니다．   那麼，期待您肯定的答覆，謝謝您。

Cathy Liao 과장 ｜ 기획팀 ｜ 완완그룹   Cathy Liao 課長 ｜ 企劃組 ｜ 灣灣集團
Michael Chen 팀장   Michael Chen 組長

Tel: 886-2-0000-0000 ext 123
Email: cathyliao@XXXX.com

[긴급] Order-A102 & A013 선적일 재확인과 Order-A104 새 주문서
[緊急] 再次確認 Order-A102 & A013 出貨日與 Order-A104 新訂單

김주연 대리님 , 안녕하세요 ? 제니입니다 .　金朱延代理您好，我是珍妮。

1) Order-A102 & A013 선적일 재확인　再次確認 Order-A102 & A013 出貨日

위 두 오더의 선적일은 앞당길 수 있는지 공장과 확인해 보시고 이번 주 금요일까지 최대한 빠른 선적일을 알려주시면 감사하겠습니다 . 조금 전에 전화로 설명해 드렸다시피 현재 제품 판매량이 급증해 생산량을 늘린 상태입니다 . 귀사 부품 재고가 충분하지 않아 9 월 초에 생산 라인이 멈출 것 같습니다 . 리드 타임이 4 주인 것을 알고 있지만 급한 상황이라 도움을 요청 합니다 . 추가 비용이 필요하면 함께 알려주시기 바랍니다 .　如果您可以和工廠確認以上兩批 訂單的出貨日能否提前，並且在本週五以前告訴我最快出貨日期，我將不勝感激。就如同我稍早 在電話中向您說明的，目前產品銷售量遽增，所以已經提高生產量了，因為貴公司的零件庫存不 夠充足，生產線應該會在 9 月初停擺。我知道前置時間是 4 個星期，不過情況緊迫，還請您幫幫 忙。如果需要額外費用，也請您一併告知。

2) Order-A104 새 주문서　Order-A104 新訂單

물량이 부족할 것으로 예상돼 새 주문서도 보냅니다 . 첨부한 주문서를 확인해 보시고 위 오더 선적일과 함께 이번 주 금요일까지 가장 빠른 선적일을 알려주시기 바랍니다 .　因為預估數量 將會不足，也在此寄出新訂單給您。請您核對一下附檔的訂單，並且在週五前，一併告訴我上述 訂單的出貨日，以及最快出貨日期。

그럼 회신을 기다리겠습니다 .　那麼，靜候您的回覆。

감사합니다 .　感謝您。
Jenny Wang 드림　Jenny Wang 敬上

타이완회사　台灣公司
Tel: 886-2-0000-0000 ext 123

생활
LIFE

4

本章節裡，本刊採訪幾位在職場上運用韓文的
台灣人。有在台灣工作，亦有直接飛到韓國當
地就業者。
而因應職場型態的轉變，最後將帶大家了解韓
國自由工作者的現況。

翻譯是門專業，
馮筱芹的口譯經驗談

撰文·B編（林雅雯）｜ 圖片提供·馮筱芹老師（Gin）

「比起一個人坐在電腦前奮鬥，我更喜歡走出家門，跟人群接觸的感覺。」談到選擇韓語口譯的原因時，馮筱芹（Gin）展露笑顏如此說道。對她來說，口譯工作的最大魅力便是充滿新鮮感，每一次不同的場合、相異的領域，都是新的挑戰。從早期的影視明星記者會，到近期的各類型學術、專業論壇，一攤開 Gin 的履歷，洋洋灑灑十多頁，全是這十多年來的工作累積。

▶ Gin 口譯工作樣

適合口譯的「體質」，
靠韓語征戰各領域

從事翻譯多年的 Gin，筆譯、口譯、雙語主持等工作都曾接觸過，目前以口譯為重心。**「像我將工作和居家的界線畫得很清楚，對我來說在家工作真的很難集中精神。但口譯不一樣，我每次到現場都是活力充沛！」**以書籍翻譯為例，一本書動輒數萬字，短則兩週、長則數個月，譯者需要自律地安排工作進度，才不會在截稿日時焦頭爛額；口譯則多是現場工作，每一個案件的期程相對短，通常只要活動結束就完成任務。

口譯可再分成「逐步口譯」與「同步口譯」兩大類。逐步口譯比較常見，進行方式是講者發言每到一個段落，就會交棒給譯者進行翻譯，雙方輪流說話。同步口譯則是講者發言同時，譯者就得同步翻譯輸出，通常只有三到十秒的時間落差，為了避免彼此聲音干擾，非常仰賴器材配合。也因此同步口譯需進到「口譯廂」，利用專業耳機收聽講者發言，再同步將翻譯好的句子透過麥克風傳遞到聽者的耳機裡。Gin 舉例，像是學術論壇或國際會議等正式場合，會安排兩位譯者一起搭檔，可以互相支應，也能分散事前的準備壓力。

然而，從事口譯並不是時間到了、人到現場就好，事前準備也是工作內容的一部分。Gin 說：如果是影視明星的記者會，除了流程、活動目的及訴求之外，該明星的近況及演藝背景、可能被提問的問題、近期作品等等，都需要提前調查掌握，才能預防口譯現場發生的各種狀況。

若是全天或多天的學術會議，研讀提前拿到的論文或 PPT，藉此掌握講者可能發表的內容，對 Gin 來說都是家常便飯。如果碰到不熟悉的領域怎麼辦？Gin 完全不擔心，並自信地表示任何口譯場合都是全新挑戰。她訪問電競選手、也參與過國際人權論壇，**「這也是我喜歡口譯的原因，可以學習很多新的知識，也能接觸到各行各業的人。」**

韓語只是翻譯的「基礎」，
母語與台韓文化皆需精進

無論是韓文系、自學或是補習班課程，奠定的都是翻譯「基礎」，要成為一名專業的翻譯人員，必須持續精進。因為語言會持續進化，隨著時間推進，會出現新的詞彙與用法；每一次接觸陌生的領域，各種專有名詞、不同的語言習慣，也為口譯工作增添新的任務關卡。

不了解的人，往往會以為翻譯工作只需要外語能力好就得以勝任，不過 Gin 提醒，翻譯圈流傳著這樣一句話：**「母語天花板就是你的外語天花板。」**口譯是雙向的，中文和韓語的輸入與輸出是同時發生，從理解講者的意思，進到譯者的腦袋，轉化成另一種語言再表達給聽者明白，若是中文能力欠佳，在分秒必爭的口譯現場，勢必會感到吃力。

另一方面，翻譯並不是單純將 A 語言轉換成 B 語言而已，文化差異也經常讓譯者費盡心思，Gin 說到某次陪同台灣客戶到韓國出差時，台灣客戶因為想削水果皮而向飯店櫃台索取「削刀」（필러 /peeler），卻送來「枕頭」（pillow），雞同鴨講之下只好請她協助幫忙要一把「削水果

的刀子」，結果得到一把貨真價實的「水果刀」，最後由客房服務人員在眾目睽睽下，熟練地用水果刀完成削皮任務。

Gin 經過此事才恍然大悟，在韓國削刀多用來削馬鈴薯或根莖類作物，因此俗稱「馬鈴薯刀」（감자칼），而削蘋果等水果時，多半是用一般水果刀。如此細微的文化差異才造成這一次的趣事，也讓她明白，翻譯不能拘泥於單字直譯，更重要的是明白雙方對於某物品或某種行為的認知，才能讓溝通更順暢。

她又舉例，早期台灣「鳳梨酥」還沒紅到韓國時，通常會採取意譯：「用鳳梨做成的糕點」（파인애플 케이크），然而隨著韓國人逐漸熟悉台灣文化，「鳳梨酥」也成了音譯的「펑리수」。不過遇到這種狀況時，Gin 會根據對方對台灣的認識程度來調整詞彙用法，如對方已多次來台、對台有一定認識，她會說「펑리수」；若對方是初來乍到，或對台陌生，她則會用「파인애플 케이크」，讓對方更快理解鳳梨酥的意思。

「每一次活動前，我會主動要求主辦單位給我一點時間，跟韓國講者對話、認識一下。」 藉此了解對方的口氣、語速，也能再進一步確認當天發表的內容、是否有調整修改的地方，這是 Gin 多年來養成的習慣，也是她讓工作更順手順心的小祕訣。

---→

從沒人搶工作到熱門科系，翻譯的領域界線將更鮮明

談到如何入行，Gin 十分謙虛，認為自己剛好是在韓語學習者稀少時投入翻譯工作，她笑著說當時選擇唸韓文就是因為冷門，「沒人跟我搶工作。」但近年來在韓劇、K-POP 的潮流下，韓文系搖身一變成為熱門系所，自學韓語的人也逐年增加，投入翻譯市場的門檻相對提高，她經常鼓勵對翻譯工作感興趣的學生，要有「把語言當作工具」的原則，再培養其他專長。

筆譯與口譯除了工作場域的差別，筆譯重視譯者的文筆，而口譯則需加強表達能力，要有「站在人前」的勇氣，因為譯者用不同語言替主講者發言，站到舞台上、講桌前也是稀鬆平常的事。因此 Gin 經常閱讀與觀看訓練口條、演講的書籍與影片來加強技能。

至於翻譯工作的行情，Gin 秀出她悉心整理的各類型、語種的翻譯價碼，之所以會如此認真收集情報，是衷心希望翻譯這門專業能被客戶重視，提醒有心投入譯者工作的人，適時拒絕過分低廉的工資。她也提醒，根據不同場合，翻譯難度有程度差別，薪水亦有不同級距，以「展場口譯」為例，時薪低於三百元的工作是絕對不建議接任。「隨行口譯」至少有時薪一千元以上的行情，而會議逐步口譯通常是半天至少八千元以上。至於最困難的國際論壇同步口譯，則可達到每三小時至少一萬兩千元的價碼。

面對過形形色色的客戶，Gin 至今仍非常享受口譯工作帶來的新鮮與充實感，**「我是不害怕認識新事物的人，所以每次到口譯現場我都很興奮，並不會有『好累，不想工作』的感覺。」** 長達十八頁的履歷不只是她的工作軌跡，也是 Gin 認真且熱愛韓語的證明。

結合親子五感派對，「感玩」跨越韓語學習的疆界

撰文‧Ｂ編（林雅雯）｜圖片提供‧咖永老師

「感玩」是從事韓語教學多年的咖永及蓉姥兩位老師，共同創辦的品牌，主要經營親子五感派對。所謂「五感」即「視覺、聽覺、嗅覺、觸覺、味覺」，是針對學齡前（9至36個月年紀）孩童所設計的感官體驗活動。

從韓語教學到感玩，表面上看來，咖永老師的職涯呈現了極大改變與轉折，當我們仔細爬梳才發覺，咖永老師並沒有脫離韓國語言、文化傳承的範圍，反而是將場域從課堂延伸到親子活動，讓更多不熟悉、不認識韓國的人，既能把握跟孩子相處的時間，也能因此學習到新知。

▶有趣多元的感玩課程

「感玩」的起源：
想跨出那道看不見的界線

咖永老師提到，韓語學習圈其實是隱約有一條界線的，主動踏進界線的——從事教學、對韓國語言文化感興趣、出於追星或工作目的而學習的人等等，自然熟悉圈內的資源，但在線外的人對此卻是一無所知。

雖然隨著韓劇、KPOP 的流行，積極想認識韓國的人變多了，但主動權仍是掌握在這些人手上，難道從事教學的老師只能被動接受嗎？即使致力於精進教學方式，影響力仍僅限於韓語學習圈。**「我想更大範圍的推廣韓文、也想讓更多人認識韓國！」** 基於這樣的理念，咖永老師一直思考著如何將觸角延伸到課堂之外。

幾年前，咖永老師曾帶著兒子在韓國參加各種五感派對，回到台灣後卻苦尋不到類似的課程。相較於台灣重視視覺跟聽覺體驗，韓國的課程往往「五感」兼備，尤其是觸覺、嗅覺方面，**「像是透過捉泥鰍來刺激孩子的觸覺，這樣的體驗在台灣就找不到。」**

一方面想找到符合理想狀態的課程，一方面想擴大韓語教學領域的想法持續在心中發酵，**「既然找不到，那就自己來做吧！」** 於是，結合韓文學習的五感派對——「感玩」因此萌芽。

「感玩」的目標：
孩子與家長雙向成長

補足五感缺乏的問題成為咖永老師最大的目標與挑戰，如何有效結合五感體驗、韓語學習、文化認識，又同時能引發興趣、不會讓家長感受到陌生或壓力，都是感玩在活動規劃上必須納入的考量。

咖永老師說：**「感玩每一期的活動會包含四堂課，至少有一堂跟韓國文化相關。」** 之所以不是每堂課都連結韓國，目的是為了讓那些鮮少接觸韓國的家長們，能藉由循序漸進的接觸而打開大門。

感玩的最終目標，是透過五感派對同時讓孩子與父母都獲得收穫，對比多數的親子活動著力於孩子體驗、家長扮演陪伴角色，咖永老師希望感玩帶來的結果是雙向、是共同成長的，更想讓家長不再因「育兒容易變相犧牲自我」而煩惱。

身為媽媽的咖永老師深知育兒勢必帶來的日常改變，原本僅屬於自己的時間也會受到壓縮，但學習的渴望不該被犧牲，**「我想幫助全職育兒的人，找回自我的價值跟力量。」**

一旦將韓語、文化學習融入親子活動當中，當孩子在體驗中透過五感認識世界，家長也能同時滿足獲得新知的渴望。這樣的規劃，讓許多忙於育兒而沒有心力、時間學習語言的家長，得以有效利用時間，達到一舉兩得的功效。

→ 「感玩」的內容：
結合五感體驗與韓國文化

從 2021 年底進入籌備階段、2022 年初開始試營運的「感玩」，每期四堂課，每堂課時間約 50 分鐘，包含前 40 分鐘的主題體驗，以及最後 10 分鐘的分組補充課程。每一次籌劃新的課程，咖永老師便會讓自己兒子進行試玩，找出需要調整或改良的地方。

在主題體驗的項目中，咖永與蓉姥老師會帶領孩子一同唱韓國兒歌，再開始五感遊戲。舉例來說，在「海帶湯」這堂課裡，孩子們會先接觸到乾硬的風乾海帶，接著在海帶泡水膨脹的過程中，以眼睛觀察、手指感受其變化過程，並用鼻子嗅聞海水氣味等。

韓語學習如何結合到遊戲當中呢？以另一堂模擬韓國「汗蒸幕」（찜질방）的課程為例，老師以「어디에 가요？」（你要去哪裡？）作為提問，帶領學員參觀汗蒸幕裡的各項設施，透過簡單的韓語會話，反覆同樣的句子，既不會造成負擔，又能進行聽覺刺激。文化體驗方面，則將搓澡、綁綿羊毛巾頭帶入課程，甚至利用電熱毯仿作地熱，營造出「汗蒸幕」的氣氛。

10 分鐘的分組課程，則會分成孩子與家長兩組，孩子一邊聆聽老師朗誦韓國繪本，一邊品嚐點心（味覺刺激）；家長則是接受基礎韓文、文化知識的補充──以海帶湯為例，它不僅是韓國餐桌上常見的料理，也是韓國人生日必喝的湯品。

咖永老師補充說道，因為台灣的教育重視視覺刺激，許多家長不習慣主題體驗時只透過聽覺的語言學習，所以特地安排 10 分鐘的分組課程，也會提供課後講義及 5 分鐘的複習影片，讓家長在心理上能更加踏實。

→ 「感玩」的未來：
無論大人小孩，上課都不再無聊

「曾有家長要求我們不要用『上課』來稱呼這些活動，但小孩子並不會覺得『上課』很無聊，是無趣的學習過程讓它開始變得無聊。」咖永老師說道，她炯炯有神的眼裡透露著信心，在「感玩」的活動裡，「上課」絕對是有趣又有收穫的──孩子開啟了認識世界的窗，家長也重啟學習新知的門。

「感玩」不僅是親子五感派對而已，還有讓更多人學習韓語、認識韓國的目標，從各種細節安排，都能感受到「感玩」結合五感遊戲與文化體驗的用心。

當咖永老師談起對「感玩」的後續壯大與期待，除了規劃更多新奇有趣、饒富韓國文化的五感課程之外；**「學韓文一定得從字母開始嗎？」**她不僅提出這個大哉問，也期待能將在感玩汲取到的經驗，應用在兒童韓語、成人實境韓語等方面，讓韓語學習不再侷限於單純課桌椅間的師生互動，能開創出更多可能性。

打電動是工作之一？
在韓國遊戲公司的工作日常
遊戲營運＃凱倫已上線

撰文·蘇茵慧 ｜ 圖片提供·凱倫出品

如果在韓國遊戲公司工作……
「上班時間應該可以瘋狂打怪升等吧！」
「知道很多遊戲的 bug，可以自己開外掛調高掉寶率，拿到好武器！」
「太棒了！可以優先測試新遊戲，每天都很有趣。」

以上，真的是遊戲公司的工作日常嗎？透過在韓工作的台灣人凱倫視
角，帶領我們跨越想像鴻溝，一窺韓國遊戲產業真實面貌吧！

凱倫 Karen
自學韓文獲得全額獎學金赴韓留學，畢業於延世大
學 GSIS 國際學研究所，現任韓國知名遊戲公司社
群營運員，擁有三年在韓工作經驗；經營 YouTube
頻道「凱倫出品 Karen Presents」 和 Instagram
karenliu05，分享韓國職場見聞、台韓情侶相處、
美妝保養等有趣生活議題。

韓國遊業產業正夯
台灣人機會多

韓國遊戲產業在近十年來不僅蓬勃發展，其成長迅速是亞洲首屈一指，是韓國目前少數平均穩定增長的產業。

根據韓國文化產業振興院所公布的「2021 韓國遊戲白皮書」中指出，韓國遊戲市場規模在 2020 年時達 18.9 萬億韓元，相較前一年大幅成長 21.3％，產業前景預估 2023 年遊戲市場將有望達到 23.46 億韓元，且產品大幅輸出到中國、台灣、日本等各國，足見遊戲產業不受疫情影響，熱度持續發酵中。

在遊戲輸出國際同時，無論是韓國境內或他國，都得有熟悉該國的人力來協助接軌落地，故產業對外國人才需求日益增長，而凱倫正是擔任台韓遊戲對接的重要一角。

凱倫在韓國工作邁入第三年，其兩份正職工作都與遊戲產業相關，目前她在韓國知名遊戲公司中負責遊戲社群之營運，包括將總部發布的遊戲資訊翻譯成中文、針對社群數據規劃發文內容、與設計師溝通圖片素材等，都是每日工作項目。

凱倫認為自己進入遊戲產業是因緣際會，當時她處於研究所最後一學期，遇到疫情爆發，整日待在家有些無趣，後來朋友工作的遊戲公司正好需要台灣人力支援，她便應邀到遊戲公司打工，負責經營台灣社群及行銷事務，隨後受

到副社長的肯定，畢業後轉為正式職員，成為韓國上班族。

★ Tips：韓國學歷＝韓國工作簽證的加分條件

在韓國取得工作簽證常見三種方式：

① 若人在台灣，需得先應徵到韓國公司職缺，並事先確認公司願意給予工作簽證。

② 擁有韓國學歷後，可以到出入境管理局申請換簽，取得待業簽後有半年時間可在韓國找工作，若找到工作即可申請工作簽。

③ 先以打工渡假簽證在韓國工作，最後若想在韓國繼續工作，無論是留在原工作地點或是其他公司，一樣都是要先有工作，並且確認老闆願意給工作簽證，才可以申請。

凱倫觀察，韓國核發工作簽證是行使分數制，會依照年紀、學歷、薪資水平等條件給分，根據全部總分來核發簽證時效。這三種方式中，第二點「擁有韓國學歷證明」是取得工作簽證的加分條件，會更容易獲得到工作簽證，擁有進入韓國職場的入場券。

注意！獵頭出沒！
履歷精準 工作邀約自動出現

在工作一年多後，凱倫興起轉換跑道念頭，在她更新韓國人力銀行上的履歷後，意外地收到韓國獵頭的工作面試邀請，這是在台灣未曾有過的經驗。

她分享台韓求職觀察，認為台灣企業聘請獵頭多為高階主管人才所需，而韓國企業端即便只是一般常見職缺需求，還是有一定機率委託獵頭提供名單，透過獵頭找到相對應人才的情況相當普遍。

在獵頭協助下，凱倫與新公司經歷三次面談後順利入職。透過此次經驗，凱倫直言履歷撰寫技巧極為重要，例如獵頭建議她應把最吸睛的「技能及重要經驗」放在履歷第一頁，直接讓面試官明白「我具備哪些能力與經驗，符合該公司需求」；第二頁可放過去執行專案的成果，並用數字或具體案例佐證，最後一頁再放學歷與對該工作的期待。

這樣的方式比起人力銀行提供的制式模板，可以更明確精準吸引面試官注意，直接突顯專業能力，為自己創造更多工作機會，若海外人士想在韓國求職，不妨好好把握這樣管道。

★ Tips：獵頭介紹的工作一定適合自己嗎？

獵頭只是根據履歷上的資料評估職缺跟求職者專業的契合度，但實際上決定工作與否的，還是要回歸求職者自己。

凱倫建議，無論是獵頭邀約還是自己投履歷，都可以從公司官網了解企業動態與工作內容，並且大範圍地觀察產業整體趨勢等情報，亦可透過「Jobplanet」（잡플래닛）和「Blind」兩個網站，查詢員工對公司的評價，像是年薪、面試經驗等資訊。

以她經驗為例，在面試新工作前，她發現在「Jobplanet」網站上，員工對公司的評價是「員工餐廳很好吃！」這樣的評價多到讓她懷疑自己是在看餐廳評論。凱倫笑著說：「入職後，每天員工餐真的都很美味，應證網友很誠實、沒騙人。」

員工餐廳景象。每日最期待的便是吃到美味的員工餐！

喜歡玩遊戲只是基本門檻？遊戲公司的選人標準

對於遊戲公司大部分人都認為「遊戲公司的工作應該就是瘋狂打電動吧！」聽到這樣的猜測，凱倫大方表示：「面試時我曾被主考官問過，目前的等級、職業、玩起來的感覺等；入職後長官也會詢問目前遊戲進度。我負責的工作不需要整天打電動，但還滿喜歡現在負責的這款遊戲，所以下班後也會跟男朋友一起玩遊戲練等。」

「喜歡玩遊戲」絕對是遊戲公司選人的特質之一，而在專業能力部分，遊戲公司極為重視員工過去工作的相關性，觀察目前在韓國遊戲公司的台灣員工，大部分工作內容還是以在地化居多。凱倫認為遊戲公司會考慮語言能力、社群經營及企劃能力，比如規劃線上活動吸引玩家參與、社群貼文撰寫都是這些能力的展現，若想以遊戲公司為入職目標，這幾項都是必要的專業技能。

★ Tips：社群營運也包括行銷嗎？

凱倫目前工作為社群營運，她指出有些規模較小的遊戲公司，台灣員工要負責行銷兼社群，包括數據分析及回饋、通路宣傳等工作，包山包海都要會一點。

在公司認真工作模樣

大開眼界！
入職教育訓練包括「這」

即便是自學韓文拿到獎學金到韓國留學，凱倫客觀地認為無論是職場或生活中，使用韓文溝通還是有許多眉角要注意，甚至在公司新人教育訓練時，社內特別講解「說話禮儀」，像是遇到工作延遲的狀況，要說：「我方便得知目前這個工作進行到哪個程度了嗎？」以及在社內人與人的稱呼上，都是使用敬語來對話，避免用半語讓對方感到被輕視。

除了韓文口語溝通外，凱倫自認韓文書信是職場遇到最大的障礙，畢竟說話跟寫信的表達方式完全不同，她剛開始都是拜託同事幫忙確認，謹慎再謹慎，深怕錯用詞句跟語法會鬧出誤會；在多看多練習摸索了半年到一年時間，才逐漸跨越障礙。

遊戲產業雖非新興產業，但絕對是韓國極有前景工作之一，且在外國人力需求上相對地高，其中又以遊戲中行銷及社群營運的職缺最是普遍。最後凱倫提醒大家，即便已經在產業中工作，還是得隨時關注公司經營動向，定期更新人力銀行的履歷，做好準備迎接每個機會。

非常文科生？
韓國生命科學產業新鮮人
#溫宇寯 報到

撰文·蘇茵慧 ｜ 圖片提供·溫宇寯

XYZ 平台定位、自動化細胞即時影像系統、自動細胞計
數器，這都是生命科學儀器的專業術語，亦是文科畢業的
溫宇寯在韓國第一份行銷工作。新鮮人的他如何錄取文科
工作，其背後的求職策略是什麼呢？

即使身在韓國，仍持續學習韓語

溫宇寯
台灣屏東人，首爾大學東洋史學系碩
士，自學韓文、日文等多國語言。任職
Curiosis 公司，負責海外市場中國地區
營銷，該企業主力為生命科學儀器研發
及銷售。

代表公司 Curiosis 參展

海外求職講究精準聚焦
非本科系新鮮人也不用怕

去年九月，溫宇寯研究所一畢業馬上著手準備求職，從準備履歷、自傳到選擇產業與職缺，在接獲面試通知、進行多次面試後，去年年底，他正式入職 Curiosis 公司，成為職場新鮮人至今已十個月左右。

不同於其他新鮮人求職者，溫宇寯在人力銀行上只應徵約二十家公司，大多選擇生命科學儀器類。主因在韓文書寫時他自認不夠順暢流利，無法快速因應不同產業修改履歷，因此決定更精準求職，並加入母語優勢，聚焦在海外市場、特別是中華圈的行銷職缺上。

以文科生進入生科產業工作，是特別的經驗，溫宇寯表示，公司並沒有以科別來判斷能力，而是在面試時詢問：「你將如何運用過去所學，幫助自己及公司獲得更大成就呢？」這足以證明，科別非完全指標，公司更看重能靈活運用的人才。

模仿是最快的捷徑
刻意練習破除語言障礙

溫宇寯的語言學習能力佳，日文、韓文都是自學而成；即便如此，來到韓國念研究所、進到韓企後，他仍感覺韓文的學習是無止盡的；特別是在公司內部的文書表達、商務書信撰寫時，都是棘手業務，後來他找出前輩留下的文檔紀錄、部門間信件來往副件，模仿其中的文法跟字句，幫助自己快速學習。

Curiosis 公司的風氣自由，但職場應對上，仍有韓國體制的嚴謹，加上溫宇寯又是公司裡第一位聘用的海外人士，難免會出現溝通誤差，他笑說過去有一段日子，想到進公司上班要跟同仁說話，都會害怕、很有陰影。

「我覺得刻意練習很重要，即便我已經生活在處處都是韓文的環境裡，但總覺得我離韓語還是有一定距離，而且語言是會變化的，我希望可以把韓文運用得更細緻。」溫宇寯每天都會撥出時間特別看影片、聽韓文，並且把字句抄寫下來，一如剛開始學韓文那樣。

台灣人最具優勢職缺：
韓企海外行銷工作

溫宇寯認為自己工作經驗有限，但根據他準備求職的幾個月觀察，台灣人若想在韓國求職，最普遍常見的是海外市場的行銷職缺，包括遊戲產業、酒類、美妝行業等，最有利的就是以中文為母語的地區。

以他自己為例，Curiosis 公司當初的職缺是中國市場相關的，同一梯次中競爭者亦有中國人，但公司最後選擇錄取他，除了台灣與韓國的民族性較為相近外，台灣出身的他同樣以中文為母語，溝通上沒有障礙。

從這一點來看，台灣人在韓國找工作，不妨目標可以放大到中文市場，而非侷限在國家或地區，才能幫自己打造更有優勢的求職競爭力。

韓國 MZ 世代
關鍵字「價值」
透過自由工作實現

撰文者——林家瑜

〈我的出走日記〉是 2022 上半年在韓國年輕世代間討論相當高的韓劇，劇中人物在職場、人際關係所面臨的困境，讓觀眾重新思考當前的生活，究竟是忠於內心的結果，還是為了符合社會期待的選擇。也許就是這樣自我探索的哲學思辨，反映了韓國 MZ 世代比起他人評價，更在乎自己想法的價值觀，引發共鳴。而 MZ 世代重視自我的價值觀與面臨的困境，也正改變著他們的工作型態。

MZ 世代無偏見
重視自我定義的價值

MZ 世代是 1983 年到 1994 年出生的M世代（千禧世代）和 1995 到 2003 年出生的 Z 世代合成詞。早已習慣上網搜尋答案的他們，因為能在網路上接觸到多方論點，造就了他們想法多元無偏見，做決定時比起仰賴他人與社會期待，更忠於自己心中所定義的價值。

努力與報酬不成正比
MZ 世代重新思考工作意義

MZ 世代生在高等教育普及化的時代，加上出自於戰後嬰兒潮與 X 世代的父母，多對年輕時未獲取大學文憑抱有遺憾，而專注投入子女教育，使得 MZ 世代的大學升學率超過 80%，堪稱史上高學歷份子最多的群體。

但迎向 MZ 世代的是經濟走低的韓國，非但沒能享受過去高經濟成長的紅利，還得面臨更激烈的競爭。據韓國求職網站 JOBKOREA 2021 年公布的資料，該年度成功就業的大學畢業生，平均具有大學 GPA 成績 3.7（滿分 4.5）與多益 886 分。超過 6 成以上擁有英語口說成績與其他證照、5 成以上有志工活動經驗、3 成以上有實習跟海外經驗。然而為了進入職場，一路累積十八般武藝的韓國青年，最後得到的報酬，卻不見得和過往累積學經歷所投入的成本成正比。

根據韓國青少年政策研究院 2021 年針對 2041 名 18 至 34 歲的人，進行的調查顯示，近 33% 畢業後的第一份工作並非正職，且有 64% 任職於未滿 30 人的中小型企業，31% 在只有 1 到 4 人的小公司，他們第一份工作平均月收入為 213 萬韓元。和三星、LG 等大企業的大學新進員工平均年薪 5356 韓元相比，中小企業的薪資只有大企業薪資的 56%。能夠擠進大企業的人只有 10% 左右，就算成功就業，還得努力適應聚餐、嚴謹前後輩制等職場文化。

長期處在高壓競爭的 MZ 世代，領悟到從升學到求職一路上的努力和報酬不盡然形成正比、死板的職場環境難以發揮自我價值、獲取成就感後，比起成為別人期待的樣子，轉而思考自己真正想要的生活樣態，而這樣的想法也反映在他們的工作選擇上。

65.4% MZ 世代願成自由工作者 30 多歲意願高

韓國打工求職網 albamon 和約聘、臨時工招募 App Gigmon 針對 1188 名 MZ 世代進行調查，當中有 65.4% 的人表示，願意選擇非正職的自由工作者作為職業，其原因第 1 名為能夠擁有自由的工作時間（61.5%），其次則是不需要應付公司的組織生活（29.2%），恰恰反映了韓國 MZ 世代的特徵，他們不想再像上個世代一樣，被工作綁架，也厭倦佔用時間與增加情緒勞動的組織生活。

且該調查顯示，30 多歲受訪者裡，有 74.2% 的人願意從事自由工作，反倒 20 多歲受訪者中，僅有 60.1% 想從事自由工作，意味著具有一定職場經驗者，比尚未踏入或進入職場不久的人，在看待自由工作者這項職業的態度更為樂觀、接受度也更高。

成為自由工作者 實現自我價值

旅遊 YTR Seen aromi，原本任職於韓國大企業大宇建設，在外人眼裡是份高薪、穩定的工作，然而她卻在 30 歲時毅然決然選擇離職，到各地旅行，轉行為旅遊內容創作的自由工作者。她表示因無法在原職場得到自我實現才決定離開。

對她而言，她很滿意現在的工作為她帶來經濟與時間自由，以及原工作崗位沒有的成就感。

起他人眼中的穩定工作，他們選擇能實現自我價值工作的可能性更高。

MZ 世代重視的「價值」是促使他們勇於踏出去的原動力

像 Seen aromi 這樣的自由工作者，越發不足為奇。2015 年從事自由工作的高等教育畢業生有 22,750 名、2016 年 25,071 名，根據韓國 Freelancer Korea 推估，2017 年全體自由工作者約 120 萬人，有逐年增加趨勢。其中最多人從事影像、放送、漫畫、遊戲相關工作（24.7%），教育、商業顧問、法律服務（15.4%）和音樂、戲劇、攝影等藝術相關領域（14.6%）則退居在後。

然而除了薪資報酬與為人詬病的職場文化外，MZ 世代之所以勇於將自由工作作為職業核心，原因仍出自於他們重視「價值」的特徵。其價值涵蓋兩種面向，一為是否能夠發揮自身價值並從中獲得成就感，二為是否能從工作中獲取使自己成長的知識或其他價值，當兩項都難以滿足時，MZ 世代就有可能轉往能夠發揮長才的自由工作。同時根據大學明日研究機構的調查結果顯示，比起被社會或他人認可的生活方式，MZ 世代更忠於選擇適合自己的方式，這表示比

撰文者簡介｜林家瑜

大學主修新聞與韓國文學，致力於台韓觀察，曾於與韓企合作的大公司任職，但發現發掘議題、寫稿還是自己最喜歡的工作，目前為韓國首爾大學政治外交系碩士生，同時也是關鍵評論網專欄作家。
IG:oohlalachia

NOTE

韓國職場：MOOKorea 慕韓國 . 第 2 期 = 직장생활 /
EZKorea 編輯部著 . -- 初版 . -- 臺北市：日月文化出版股
份有限公司 , 2022.10
214 面；21*28 公分 . -- （（MOOKorea 慕韓國；2）

ISBN 978-626-7164-49-5（平裝）

1.CST: 韓語 2.CST: 讀本

803.28   111013365

MOOKorea 慕韓國 02

韓國職場：
MOOKorea 慕韓國 第 2 期 직장생활

統　　籌：EZKorea 編輯部
企劃編輯：郭怡廷
韓文撰稿：柳廷燁、朱希鮮、田美淑
韓文翻譯：吳采蒨
內頁插畫：楊雅茹 YANG YANG、m_m Illustration ｜薰晏
版型設計：DECON HUANG
封面設計：Bianco Tsai
內頁排版：唯翔工作室
韓文錄音：柳廷燁、朱希鮮
錄音後製：純粹錄音後製有限公司
行銷企劃：陳品萱

發 行 人：洪祺祥
副總經理：洪偉傑
副總編輯：曹仲堯
法律顧問：建大法律事務所
財務顧問：高威會計師事務所

出　　版：日月文化出版股份有限公司
製　　作：EZ 叢書館
地　　址：臺北市信義路三段 151 號 8 樓
電　　話：(02) 2708-5509
傳　　真：(02) 2708-6157
網　　址：www.heliopolis.com.tw
郵撥帳號：19716071 日月文化出版股份有限公司

總 經 銷：聯合發行股份有限公司
電　　話：(02) 2917-8022
傳　　真：(02) 2915-7212
印　　刷：中原造像股份有限公司
初　　版：2022 年 10 月
定　　價：400 元
Ｉ Ｓ Ｂ Ｎ：978-626-7164-49-5